双子座文丛

高兴 —— 主编

Guxiang Shui

故乡水

李文俊 —— 著 / 译

漓江出版社

“双子座文丛”出版说明

文坛写书者多，译书者也不少，但著译俱佳的不多见。创作与翻译并举，在世界文学史和民国以来的汉语文学界均有详例，一批人中佼佼在创作大量优秀文学作品的同时，还向国内读者译介了诸多外国作家的作品，既是传统文化的传承者，又是异域文化的绍介者。出版“双子座文丛”目的之一，就是努力在这方面进行发现和总结。双子座，取意“著译两栖，跨界中西”，丛书第二辑收入的几位诗人、作家，除了领衔的冯至先生文章千古，彪炳后世，其余诸公，在文学创作领域多有建树，文学翻译水平亦为译坛认可。丛书的宗旨是诗人写诗、译诗，散文家写散文、译散文，小说家写小说、译小说，角度新颖独特，为国内首创。由于篇幅所限，本丛书只收精短作品和译品。

漓江出版社中外文学编辑部

李文俊像

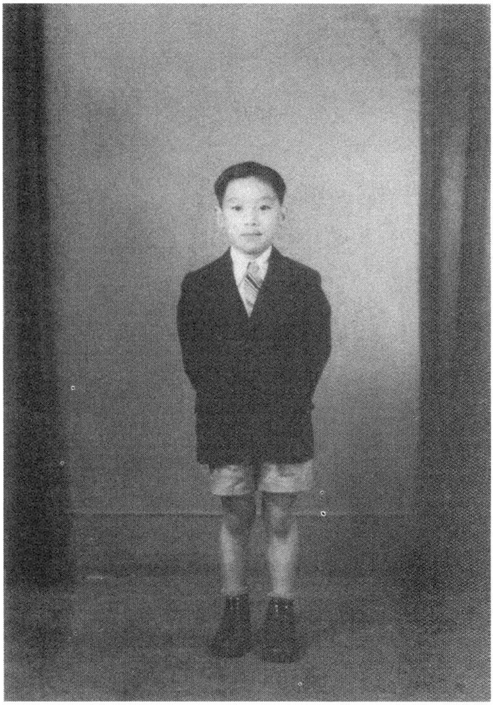

少年李文俊

结婚照［上］
李文俊与张佩芬夫妇［下］

与杨绛先生

目录

创作散文

翻译散文

※ 总序 ※

时光深处的矿藏

高兴

时光流逝，越来越容易陷入怀旧了。是老年的迹象在显露吗？我生出警觉，却也无可奈何。思绪常常转向并停留于二十世纪八十年代，久久地，久久地，以至于间或会闪过一缕幻觉，仿佛重又置身于那个年代。回头想想，那真是金子般的年代：单纯，开放，真实，自由，充满激情和希冀，个性空间渐渐扩展，就连空气中都能感觉到一种积极向上的氛围，闪烁着理想主义和浪漫主义的光芒。

那时，整个社会都在倡导读书，鼓励思考、创造和讨论，号召勇攀科学高峰。我个人真正的阅读正是从那时，也就是从大学开始的。大学学习，紧张，而又充实。我们那批学生都异常用功，都有着明确和持久的动力和目标。在紧张学业的空隙，阅读，成为调剂和滋润，也有提高修养的意图。吸氧般地读。如痴如醉地读。杂乱无章地读。马不停蹄地读。总体上，诗歌作品读得多些，外国作品读得多些。那时，如果有某部作品，尤其是外国作品即将问世，消息会不胫而走，我们会连夜赶到王府井书店排队，就为了能购得自己渴盼的书籍。漓江出版社的《西方爱情诗选》就是以如此方式终于被我捧在手中的。还清楚地记得那是个小开本，轻盈的样子，不到三百页，定价为八毛钱，发行量竟达到了几十万册。于我，那可是本珍贵而亲爱的书，几乎伴我度过了青春时期最美好的时光。

阅读过程中发现，中国文坛上有一类特别的人，一类似乎散发着异样光芒和特殊魅力的人。他们既是优秀的作家，同时又是出色的译家。而作家和译家的双重身份让他们的文学天地变得更加开阔，更加悠远和迷人，也更加引人注目。鲁迅，周瘦鹃，周作人，茅盾，沈泽民，胡愈之，朱湘，赵景深，林语堂，戴望舒，朱光潜，郑振铎，冰心，巴金，穆旦（查良铮），朱生豪，丰子恺，楼适夷，朱雯，施蛰存，李健吾，冯至，卞之琳，徐迟，季羡林，陈敬容，萧乾，袁可嘉，杨绛……都是这样的人。那是一份长长的名单，也是一份闪光的名单，构成中国现当代文学史上一个又一个独特的存在。谈到穆旦（查良铮）先生，我们既会想起他无数的诗篇，也会想到他众多的译诗；谈到李健吾先生，我们既会想起他创作的长篇《心病》，也会想起他翻译的长篇《包法利夫人》；谈到戴望舒先生，我们既会想起他写的那首《雨巷》，也会想起他译的洛尔迦的《海水谣》；谈到冯至，我们既会想起他自己的诗句“我的寂寞是一条蛇”，也会想起他译的里尔克的诗句“谁这时孤独，就永远孤独”。同样，当我们读到卞之琳先生的《断章》，杨绛先生的《洗澡》，陈敬容先生的《老去的是时间》等作家作品时，也绝对会自然而然地想到《英国诗选》《堂吉诃德》《图像与花朵》等翻译作品。于他们，文学写作和文学翻译，既各自独立，又相互补充和丰富，最终融为一体，成为最完整意义上的创作。他们的贡献是双重的，有着特殊的意义和价值。他们的孤独也是双重的，是孤独与孤独的拥抱、互勉和团结。他们照亮了孤独，孤独反过来又照亮了他们。

有时，很难说他们的文学写作和文学翻译孰轻孰重。特殊的历史缘由，中国现当代文学史中曾出现过断裂，甚至空白。恰恰就是在几个关键的时刻，他们的贡献和意义突显。远的不说，就说二十世纪五十年代，正当百废待兴之时，当下之琳将莎士比亚，陈敬容将波德莱尔，徐迟将惠特曼，萧乾将哈谢克用汉语呈现出来时，会在中国读者心中造成怎样的冲击和感动。同样，二十世纪七十年代末，当人们刚刚经历荒芜和荒诞的十年，猛然读到李文俊翻译的卡夫卡，李野光翻译的埃利蒂斯，袁可嘉翻译的叶芝，王佐良和郑敏先后翻译的勃莱，会感到多么地惊喜，多么地大开眼界。那既是审美的，更是心灵的，会直接或间接滋润、丰富和影响人的生活，会直接或间接打开写作者的心智。时隔那么多年，北岛、多多、柏桦、郁郁等诗人依然会想起第一次读到陈敬容译的波德莱尔诗歌时的激动；莫言、马原、阎连科、宁肯等小说家依然会想起第一次读到李文俊译的卡夫卡《变形记》时的震撼。我曾在不同场合说过，文学翻译曾引领不少中国作家走过了一段必要的路程。没有读到福克纳和马尔克斯，很难想象莫言的写作会走向哪条路数。没有读到转化成汉语的外国诗歌，同样很难想象北岛、多多们会成为什么样子。

这些有着异样光芒和特殊魅力的前辈甚至影响了我的人生走向。我在大学学习罗马尼亚语。小语种，人才稀缺，原本有着众多的选择。但我毕业后，没去外交部，也没去经贸部，而是来到《世界文学》编辑部工作。当然是我自觉的选择。当然出于文学热爱，或者说是前辈影响的结果。从小就在邻居家里见过《世界文学》这份杂志，三十二开，不同于其他杂志，更像一本书，有好看的木刻和插图。早就知道它的历史和传统，也明白它的文学地位和影响。有很长一段时间，我索性称它为鲁迅和茅盾的杂志。不少名作都是在这份杂志上首先读到的。以前绝没有想到，有一天，自己竟然也能成为《世界文学》编辑队伍中的一员。我曾在一篇文章中描述过当时的激动和自豪：

我所景仰的冯至先生、卞之琳先生、季羡林先生、戈宝权先生等文学前辈都是《世界文学》的编委。这让我感到自豪。记得刚上班不久，高莽主编曾带我去看望冯至、卞之琳、戈宝权等老先生。在这些老先生面前，我都不敢随便说话，总怕话会说得过于幼稚，不够文学，不够水平，只好安静地在一旁听着，用沉默和微笑表达我的敬意。冯先生有大家风范，声音洪亮，不管说什么，都能牢牢抓住你的目光。戈先生特别热情，随和，让人感觉如沐春风。卞先生说话声音很柔，很轻，像极了自言自语，但口音很重，我基本上听不懂，心里甚至好奇:如果让卞先生自己朗诵他的《断章》，会是什么样的味道？

供职于《世界文学》之后，一直在苦苦寻觅理想译者。在我看来，理想译者就是有扎实的外文和中文功底，有厚重的文学修养和高度的艺术敏感，有知识面，有悟性、才情和灵气，同时又对文学翻译怀有热爱和敬畏之情的译者。最最理想的译者就是那些既有翻译实力，又有写作才华的译者。他们是译者中的译者。我因此满怀敬意和感恩，一次再一次地想到查良铮、李健吾、冯至、丰子恺、卞之琳、陈敬容、袁可嘉、杨绛、高莽、屠岸等先贤。令人欣喜的是，这些先贤开创的传统得到了继承和延续。我因此满怀喜悦和欣赏，不禁又想到了西川、姚风、黄灿然、沈东子、李笠、汪剑钊、程巍、树才、田原、袁伟、石一枫等同道。而作为写作者，这些先贤和同道显然又更加开明，开阔，先进，智慧，无拘无束，同时个性十足。

这些特殊的人已然形成了一座座特殊的富矿，该如何从诗意和学术的高度来发掘和开采这一座座的富矿？漓江出版社“双子座文丛”对此有着美好的意图：

文坛写书者多，译书者也不少，但著译俱佳的不多见。创作与翻译并举，在世界文学史和民国以来的汉语文学界均有详例，一批人中佼佼在创作大量优秀文学作品的同时，还向国内读者译介了诸多外国作家的作品，既是传统文化的传承者，又是异域文化的绍介者。出版“双子座文丛”目的之一，就是努力在这方面进行发现和总结。双子座，取意“著译两栖，跨界中西”。

此外，我还想特别说的是，这套文丛更是一套致敬之书、期待之书，致敬已然属于“双子座”的前辈，期待正在走近或即将走向“双子座”的同道与后生。

2018年5月3日于北京

创作散文

天凉好个秋（节选）

自报家门

不才李文俊，有名无字，于一九三〇年十二月八日出生于上海。（我母亲在写给我的一封信里说：“三女出生于一九三〇年［庚午］属马旧历十月十九夜十一时三刻。”）父亲名为李廷芳，一八九九年十二月十四日（月与日为旧历，下同）生，一九九四年去世。母亲梁冠英，一九〇七年二月十五日生，一九八七年去世。我在兄弟姐妹中排行第三。大哥比我大三岁。二姐大我一岁，很可惜已于十四年前殁于美国。妹妹小我五岁。六弟小我七岁。八弟一九三九年九月十八日生。小时听母亲说还有一个四弟，最最聪明乖巧，可惜很小就夭折了。另外还有一个七弟，也未能在世界上存在多久。

父亲原籍广东香山（现为中山）石岐茅湾村，不过我少年时曾见到家中保留的一本家谱，上面说我的始祖（名字似为李东源）是从安徽迁到广东去的，因为辈数不是很多，我想应是“长毛之乱”时的事情吧。父亲幼时即随父母从香山老家到苏州居住。祖父曾在苏州火车站西餐厅工作。我小时候还见过他的工作服，并且试穿过，因为我觉得很好玩，它有点像童子军制服。当时我因为家中拿不出钱给我做一套制服，未能参加学校组织的远足活动，不大高兴。父亲和祖父母在苏州时住在一条靠小河的街巷上，房东叫“老杨（羊？）妈妈”。在苏州话里后二字是读作“miemie”的，想来就是形容羊叫的“咩咩”声的那两个字了。我小时（大约三岁吧）曾随父母兄姐去看过“旧居”，对那位殷勤热情、语音悦耳、见了小孩喜欢不已的老太太还依稀有点印象。我祖父嗜酒，似乎常常被酒友们架回家中。这样便自然逝世较早。我父亲一生不抽烟不沾酒，想来是与他年幼时的所见所闻与所受到的刺激不无关系的吧。我父亲由我祖母（我们用粤语叫她“阿婆”）一手拉扯大。祖母自然吃了不少苦。父亲在贫穷状态下读完了苏州的粹英中学。后来通过一个在怡和洋行工作的长辈亲戚李殿邦的关系，来到上海，进入那里的茶叶部，从学徒一直做到部门经理。当然，他上面还有真正掌权的英国“茶师”。据我了解，他那个部门所做的业务，就是从祁门一带把红茶收来，装入木箱，销到英国去。我父亲一到茶叶店或是百货公司的茶叶部，总喜欢将缸子、箱子里的红茶捞起一把，凑到鼻子前狠狠地吸气嗅闻，沾得满鼻子都是茶叶。店员见他西装笔挺，倒也不敢拦阻。怡和洋行茶叶部所做的应该都是正正经经的合法外贸生意，与其前身“东印度公司”的贩卖鸦片并不是一回事。

我记得在他工作满四十年时，茶叶部“老番”茶师 Mr. Norton（还是 Naughton？）还送给了他一支黑色的派克钢笔（是钢笔头包在里面露出一个小金色尖头的那种，当时很流行，型号好像叫“派克 51”）。爸爸把笔转送给我用，却让我在上复旦大学时不小心弄丢了。

苏州外婆家

父亲是在抗日战争爆发前由洋行领导从上海调去香港分行工作的。起先，他定期汇钱回家，还托人捎回来一些衣物。我记得其中有一件是枣红色的夹克衫，上面镶有皮子，那款式很“港”，上海是没有的。大哥穿了，在弄堂里出足风头。当时大哥手里零用钱颇多，小伙伴都敲他竹杠。他也很大方，完全不像后来那么擅于计算。我也领到过一件“皮”夹克，但穿了没多久，便裂了很多口子。而且越到冬天越不暖和。显然，那是塑料一类材质（广东人把这类人造品叫“化学”东西）做的。可见，我爸爸收入也不会多到哪里去。当时有些女邻居总要在我母亲跟前嘁嘁喳喳，让她当心父亲在香港另外找女人。我母亲总是坚决表示，她相信也深知父亲是决不会这样做的。

前面写到，我幼年时，爸爸妈妈曾把小孩们带到苏州去。全家出行，除了访问父亲旧居外，还有更重要的原因。那就是我妈妈的娘家当时仍然在那里，那宅院似乎就是在观前街一带。我印象中最最深的就是院子里的那口水井。因为外婆家的用人早已把西瓜扔在井水里浸泡，等我们这些客人来后便捞起来切开给我们吃。西瓜又甜又凉，好吃极了。这口井能映出人影，水一动人影也变化莫测。大概我的艺术细胞就是在这种状况下得以分裂与繁殖滋生的。那次应该算是母亲的“归宁”了，不过我不记得见到过外公，他大概已经去世了。

外公曾是一位成功的商人，苏州的第一家照相馆“兴昌照相馆”便是他开设的。另外，他还开了“兴昌大药房”。这些店在武汉、郑州等处都开有分店，后来因为用人不当，店产一点点被账房先生蚀空，家道逐渐中落。我母亲认为，中落的主要原因是儿子太小，帮不上忙。我大外婆没有生育，外公很晚娶了妾，即我的小外婆，这才有了一女二子。但大娘舅很年轻就去世了。听说他是个绝顶聪明的人。据说，“紫雪糕”这一名称，还是他应“美丽牌”冷饮公司之征，想出来中了奖而被采用的，直到不久之前，出“光明牌”的公司似乎还在用这三个字。

至于我与大舅父的关系，好像只有一件事值得一提：我一岁左右时，大舅父把我抱到住房晒台上去晒太阳。他从兜里摸出一枚银圆来给我玩，殊不知我一扬手竟把银圆扔到外面马路上去了。急得大舅父赶紧跑下楼冲出门去捡，好在当时并没有路人经过。大舅父年纪轻轻便染上肺结核去世了，有一遗孀住在广东南海乡下，很久不通消息，现在怕也不在人世了吧。多年后我曾重访旧居，见到那儿的阳台就在二层，离地面确实是很近的。

外公看来是个干练的人。听母亲说，有一回他出外办事遇见持刀的暴徒要抢他手中的包。外公一边拼命奔跑，一边用英语大声呼叫：“Police！ Police！”（“警察！警察！”）（母亲学给我听时用的就是这个英语词。）好不容易总算逃脱，但大褂上还是被划了一个大口子。

由于外公开过照相馆，我家旧照片不少。大多数照的都是少女时代的我的母亲。在见到的照片里，母亲梳着民国初年的发式，似是在脑后盘一个髻，穿了旧时时髦女学生穿的长裙短褂，摆出了各种各样的姿势（pose）。背景则是画出来的风景。照片所附的硬纸片亦相当精美，大都在“文革”时精简掉了。我母亲那会儿也算得上是个美貌女子呢。

鸿德堂乞讨

儿时的印象还有：和姐姐、哥哥一起在虹口公园（今之鲁迅公园）玩耍。当时我们住在北四川路（现称四川北路）横浜桥，离公园很近。不过，这印象也许是得自家中所藏发黄的老照片。另一件有点印象的事情是：我三到五岁时曾独自一人，去到附近的一所礼拜堂，向站在教堂门口散发宗教宣传品的阿姨索要一张。阿姨说："侬小人看勿懂。"我用生硬的广东腔上海话（因家中通常只讲广东话）反驳说："拿番去被我姆妈睇。"意思是：拿回去给我妈妈看。传教的阿姨只好给了我一张。这件事后来我母亲反复讲，用以说明我是个聪明的孩子，还说我还会临时改用上海话（当然很不地道）讲，说明我有"应变能力"，真是不简单。不久前我重游虹口，在多伦路上见到一座鸿德堂，那儿门口的形状与我印象中儿时所见差不多。我虽然没有调查，但我猜想横浜桥一带不可能再有另一座教堂的。因此这里必定就是我七十多年前乞讨宗教纸片的地方了。

另外我小时候皮肤比较白。母亲说，我还很小时，有一天躺在床上，有一个远房亲戚，是个小姐姐，看到我，喊出声来说："系（是）靓仔喔！"但我长大后相貌平平，要让那位小姐姐见到，怕是会失望了。这事我也不是直接记得，是听母亲讲的。我母亲是个感情丰富，有些艺术细胞的女子。她说起话来总是有声有色，还带点表演的手势与动作。她字写得很秀丽但软中有硬（像是《星录书词》的那种字体），我记得她曾在我练毛笔字时站在我身后把着我的手教我写。可惜到现在我的字还没有她的好。母亲的文笔亦算得上生动老练，还爱夹用些文言词语。她还保留着念初中时的几篇作文，我只记得其中一篇的主旨是鼓吹“好男要当兵”。足见她曾受到富国强兵思潮的影响。“文革”时她写给我的一封信里哀叹时局，还用了“夫复何言”这样的话，让我伤感了好半天。对于遣词用字，她也比较挑剔。记得有一回见到某小学的公告里有“学生中有奇峰突出者，当……”这样的文字，便觉得好笑，认为是装腔作势。她写信一定要用上好的带蓝线的正规道林纸信笺（她习惯于把纸横过来竖写），还一定要用那种插上鸡心形钢笔尖的蘸水钢笔。她不打稿，也从不涂改，但下笔前总要沉思片刻。这就是在打腹稿了。她还喜欢作画。她年轻时初中毕业后曾考取苏州艺术专科学校，校长是颜文梁。她告诉我们，她去上学的第一天，一看，全班只有她一个女生，第二天就不敢去了。我小时，家中大衣柜顶上，还放有一卷她年轻时作的水彩风景画静物画，有时兴致来了，她便会取下展开给几个儿女看，一边怀念已逝的青春岁月。有一次她还教过我唱京戏，唱的是《四郎探母》里“一马离了西凉界”那一段。下面还有“青的山，绿的水，花花世界”等唱词。当然，她也就是轻声哼哼，没有用老生腔大声吼叫，而且是在亭子间里关上了门，很神秘的样子。我现在想，那一定是当时她心情很郁闷了，必定也是觉得“我好比笼中鸟、南飞雁与浅水龙”了。这大约是在日军占领香港，我父亲音信全无家里生计难以维持的日子里的事情。那个阶段里，每当我向她要一些零用钱时，她总是说：“石子里榨不出油呀。”我还自作聪明地顶嘴说：“不是有石油吗？”不过我母亲的经济头脑是不行的。她不大会也不大愿意计算，整天大大咧咧，嘻嘻哈哈的，难怪小菜场里的菜贩给她起了个外号：“快活大小姐。”我从来没听到过她骂人。真的遇见一个她很鄙视的人了，她才从嘴角发出一声：“法利赛人！”

我记得母亲较年轻的时候喜欢唱歌，严格地说仅仅是轻声哼唱。只有我父亲的结拜兄弟来我家时，她才会与他们一起一本正经地合唱英语歌曲，想必都是在教会中学里学会的。我只记得他们唱的歌里有一首叫 *A Spanish Cavalier*（《一位西班牙骑士》）。她最爱唱的歌里的一首是《秋水伊人》。最近，我在报上见到贺绿汀所作的这首歌的歌词全文，现在抄录如下，因为我感觉它与我母亲当时的气质、心境有些相关：

望穿秋水，不见伊人的倩影。更残漏尽，孤雁两三声；往日的温情，只换得眼前的凄清。梦魂无所寄，空有泪满襟。几时归来呀，伊人哟！几时你会穿过那边的丛林？那亭亭的塔影，点点的鸦阵，依旧是当年的情景，只有你的女儿哟！已长得活泼天真；只有你留下的女儿哟，来安慰我这破碎的心！

另外，有一首叫《初恋》的歌，依稀记得我母亲也哼唱过。歌词是：

我走遍了漫漫的天涯路，我望断遥远的云和树，多少的往事堪重述，你呀，你在何处？我难忘你的哀怨的眼睛，我知道你沉默的情意，你牵引我到一个梦中，我却在别个梦中忘记你。啊，我的梦魂遗忘的人！啊，受我最初祝福的人！终日我灌溉着蔷薇，却让幽兰枯萎。

当然，记住全部的歌词对于当时的我来说，是一项过于艰巨的任务。福克纳在小说《喧哗与骚动》里让班吉这个弱智儿童说得出父亲讲过的拉丁语“Et ego in Arcadia”①，译到这里我总觉得别扭。这里引录的歌词，我也是从有关资料里查找出来的。不过，母亲当时哼唱的那种气氛，我却是深深感受到并且记忆犹新的。现如今，有一班小女子成天瞎吵吵“小资”什么的。其实，最老最纯的小资恐怕还是我母亲那一代人吧。

母亲的艺术气质传给了我们几个兄弟姐妹。如大哥的过于自信与想法特多，大姐的热情有余却有些马马虎虎和不负责任，还有我的对外国文艺的爱好与妹妹的喜欢观察与分析周围的人与事。是母亲一开始便坚持让姐姐学钢琴，这才使我们家有好几个人以及下一代好几个人都走上弄音乐与文艺的这一条路。

“八岁离开广东”

前面讲了不少母亲方面的事，现在再来说说我印象中的父亲。我想先在这里引用他写给我的一封信，从中可以看到一些有关我家世的情况。父亲的信是这样写的：

你在九月二十五日曾来信问我，想到茅湾去看看老家，问我有什么熟人。我收到信后，真是没有办法讲出来！

我从八岁离开茅湾后，已有八九十年了，老的已经过世了，年轻的都不认识！我的房子一共有两间，一间给张润婆住了，

① 译为：我到了阿卡狄亚。阿卡狄亚是古希腊的一个地方，后被喻为“有田园牧歌式淳朴生活的地方”。

还有一间给他（她）儿子、媳妇等住了！而且房子都很小的，房子后面有菜园及禾场、果园等，到现在已经大大变动了，或者归公了！

我的母亲是乌石乡人士（氏）。她一家有很多人，有四姊妹、两兄弟：大舅父叫郑惠贞早年出国美洲，在那里开了一家杂货店，后来叫他的儿子阿山继续他的位置，惠贞独自回乡下；在抗日期间，我在香港渣甸洋行任职，惠贞舅父曾与我通过信，来叫我帮助他孙子交学费。关于二舅父惠回，早年已过世，他的孙子阿佩在一九五〇（疑为一九三〇）年左右来上海曾在怡和洋行栈房做过工作，后来日本侵略期间不幸去世。

听说阿佩的母亲也住在茅湾村，对于我的房子等情况，她都知道的。

其实茅湾村离开澳门是十分近，一望就可以看到澳门。

我父亲木讷寡言，言语表达能力较差。他要么不说话，一说话就嗓门特大，这是因为他耳朵有点重听的关系。他身材高大挺拔，走起路来步子跨得又大又快。母亲和他一起出去，过上一阵总要叫一声：“廷芳，等一会儿呀。慢点儿呀。”父亲皮肤黝黑，很有点运动员的风度。他也的确爱好运动。我记得住虹口时每到星期天早上，他总去参加长跑。家中还保留有他和朋友浸在水里仅仅露出脑袋的照片，那说明他是会游泳至少是喜欢游泳的。他也喜欢旅游，我见到过他在南京明孝陵拍摄的照片。他星期天常带我们上公园去玩。我们兄妹们当时是很以他为骄傲的，认为他比别的孩子的父亲新派，而且在洋行上班，那么英文必定是水平很高的了。我手中原来还保留有一封他写给我的英文信，是他去世前不久写的。他大概是希望他的三儿能和他用英语通通信，让他过上用英语写作的瘾的。可惜我当时偷懒，没有想到应该顺从他的意愿。没过多久，一九九四年二月七日，父亲去世了。虽说他活到九十四岁也算是长寿了，但我总排遣不去一种“子欲养而亲不在”的无奈之感。至于我的母亲，则走得更早一些。她一九八七年五月十八日去世后，我们在她记“豆腐账”的一个练习本上发现她写下的这些话：

“无病而终，倒也十分痛快，聊尽人事，以俟天年，对生死等闲视之。”其实她是有病的。不过她的洒脱态度在老年人中还是不多见的。

我家住横浜桥时，有天早上父亲去上班。好像是他在北四川路上等有轨电车时，一辆汽车开歪了，撞上路边的黄包车，黄包车又撞上了在等车的父亲，使他跌倒并且昏迷，住了一段时间医院总算康复。对于目击的熟人跑来通知母亲，母亲急匆匆冲出家门的情景，我好像还有点印象。我幼年时的印象除了这件事之外，还有到外白渡桥去看夜景的事，那天因为英王乔治六世加冕，上海英租界热闹非凡，黄浦江边与桥上张灯结彩，使我眼花缭乱。我查了一下大百科，那天应是一九三七年五月十二日。

家中曾经有一幅照相馆拍摄的照片，是布纹相纸贴在美术硬纸板上比较讲究的那种。上面是五个头发往后梳涂了不少凡士林皮肤黝黑的广东青年。他们是结拜兄弟，大哥是我父亲，老二姓唐，老三姓陈，老四姓梁，老五姓汤。这位汤先生后来与一富家小姐结了婚，与兄长们不大来往，所以我对他的情况也不甚了了。他长年住在静安寺路平安大戏院西边一个当时挺洋派的叫作“沧州饭店”的旅馆里，所付房租必定不赀。至于他为什么要这样做，这样做又有什么好处，我至今仍然不解。家中人走过“沧州饭店”时，总要朝那边指指点点。这家饭店我后来居然也去住过一晚。二十世纪八十年代初我们单位几个人出差去沪，没有地方住。还是同行的一位女同志靠了她老首长陈沂的关系，我们几个人才能住进去。结果发现那儿已是部队的一个招待所（似叫江陆饭店了），乱得很，好多人住一个大房间，显然成了复员军人的中转站。门口管进出登记的小房间窗前坐着一位女工作人员（也穿军服），长得挺漂亮，竟成天有几个军人在窗口外跟她纠缠不休，他们涎皮赖脸，一点不像我心中已经定型的解放军战士。我在大房间里与一批复员回家的老兵油子住在一起，那里一整夜直到天亮灯都亮着不关，半导体收音机亦兀自响着，我这个容易失眠的人哪里还睡得着。第二天一早，我就躲开这个没有三八作风的军事招待所，跑到姐姐家里，和外甥一起睡到他们家的顶楼上去了。

父亲的二弟唐先生相貌堂堂，留两撇小胡子，说话声音深沉洪亮。我后来看了大仲马的《三剑客》，总把他跟小说里那位胖胖的颇多士连在一起。我家逃难搬至法租界时，唐叔帮我们买来一架 Watson 牌电风扇，风扇翼子是黄铜的，光闪闪的十分神气。唐叔叔帮我们在一根木柱上安了个座架，把风扇固定在上面，插上扑落（英语 plug 的音译），打开开关，风扇不但送来凉风，而且金光四射，十分壮观。唐叔叔战前是英租界“万国商团”的一名“义勇军”。那是保安队一类的组织。可能是他有点亲英美吧，他的看法与流行的都不大一样。我记得他在讲到沈崇案件时用了一个英文词：“induced”（诱使）。说到《资本论》时用的是德文词“*Das Kapital*”。显然想表示他对“这一套”是门儿清，心里有数，别人休想拿什么大道理来蒙骗他。新中国成立初期，他被临时派到北京来做外贸翻译。他住在当时新建的“和平宾馆”。他很看不起这幢新盖的建筑物，说是厕所里居然还要让人将大便纸放入边上的字纸篓，简直是“太土”了。他说他不理这一套，仍然将用过的手纸丢在马桶里。

陈叔四十年代时在一家私营银行当襄理，大哥到钱庄去当练习生好像还是他介绍的。他先后把周家都很漂亮的两姐妹都娶到家里，一大一小。当时，像他这样年纪的人已经不作兴这样做了。父母都觉得他这样做未免太过分，有点放纵，而且也不够新派。陈叔、梁叔后来都去了香港，五十年代初陈叔还代表银行到北京来开过会，我与佩芬去看他，在前门外一家老字号饭庄，好像就是“鸿宾楼”，请他吃了一顿饭。他说我现在算是“翻译官”了吧，我听了暗暗觉得好笑。梁叔送给爸爸一件“Arrow”（箭）牌白衬衫，爸爸转送给了我。很肥大，像是电影里击剑手们穿的。我在七十年代末“文革”结束开始搞业务时见到过一本香港出版的《二十世纪美国文学》中译本，让爸爸去信请陈叔寄一本给我。过了一段日子我收到海关一张通知，说香港寄来的一本书“不宜进口，已退回”。这使得我怅怅然大失所望。

再记弄堂

还是从我小时所住的弄堂讲起。说起来，它与文化界还有点儿关系呢。曾看到有人回忆，三十年代时，茅盾、黄源等人组织的一个什么团体，就设置在这里。四十年代，白穆、孙景璐、王丹凤等演艺界人士都曾在这里住过。与拉都路相交的辣斐德路路口，有一家饺子馆，北方来的演员，以石挥为首，常聚在这里喝酒聊天，喝多了酒酣耳热，声音自然一点点大起来。那些道地的北方话便与酒气、大蒜味混合着从店门口飘出来，听起来就是与白云之流的“奶油小生”（当时这一名称尚未出现，我们会用“娘娘腔”这类说法）说出来的不一样，让人听了精神为之一振。他们大多住在这一带弄堂的某个亭子间里。王丹凤（她倒不是北方人）住在靠襄阳路的一个二层楼里。隔壁的孩子胆子比较大，曾带我从后门进去爬上扶梯去请她签名。严格地说是为他签名，我不喜欢也不敢这么做。

里弄住的都是和我家差不多的市民。我家在其中还算是景况好一些的。这里住的大都是江浙人，以宁波人居多，他们天生有一副大嗓门，因此弄堂里一早就响起了不很悦耳的宁波话。听起来就像好事者为取笑他们而编造出的那段笑话：什么“啥棉纱线杜来啦，蓝棉纱线杜来啦”，等等，那首谐音歌的最后的结束语是“勿杜”（意思是“不去取”）。

弄堂里也住着几家从虹口搬来的广东人家。一家住在靠马路过街楼房子的三层。我的外甥小时候曾托养在那里，当时正值困难时期，孩子瘦得好像一只小猫，显然是缺乏营养。附近住着的一家姓简，是弄音乐的，父亲好像是钢琴调音师。一个女儿在上海交响乐团拉小提琴，我哥哥和她有些来往。她眼睛大大的，面孔轮廓线条比较硬，就是一副广东姑娘的英爽模样。那样的脸是不会出现在“那妮”无锡女子的身上的。

弄堂里的外国人

弄堂里还住了几家外国人。弄堂口大约也是沿马路的房子里，就住了一家“罗宋人”。他家小孩不少。大一些的女孩即是与吴家姐姐吵架的那位了。有一个男孩年纪和我差不多，但个子要比我大得多，名叫“谢里克”，后来我读了俄语，才知道原来就是俄苏小说里常见到的“谢尔盖”了。中国小孩和他打架，三四个一起扑上去他也不怕，我趴在他背上，他一甩，就把我甩下来了。多年后，我翻译到福克纳的《熊》里人、狗、熊激烈格斗那一段时，就不由得想到当年与小罗宋打架时的情景。不过我们当时打架也不是真打，双方都不使出狠劲，不下狠招，不会往对方柔弱的部位，如胯下、脸面特别是眼睛下手。我们不过是在玩一种比较凶狠的游戏而已。双方不能用言语沟通，但心里倒是很有默契的。我还曾从罗宋小孩那里初次见到外国的“小人书”，那种竖开本的comics（连环画），才知道原来外国也是有小人书的。

弄堂里居住的另一种外国人是吉卜赛人。在我们南面两条支弄一幢房子的灶偏间（厨房间）里，就住有一家吉卜赛人，男男女女，大人小孩，都挤住一起，也不知他们是怎样烧饭和上厕所的。有一次，大家都说，吉卜赛人结婚了，快去看呀。我跟别人去到那里的门口，只见里面一屋子的吉卜赛人，都在唱歌跳舞。女人家穿着纱衣裙，一转身便飘飘然的，皮肤虽然黑一些，但还是挺漂亮的。吉卜赛人眼睛特别亮，熠熠有神，头发则微带波浪形，身材也都苗条矫健，可以算是比较好看的。二次大战结束，美国水兵来到上海的不算少。我常见到他们搂着吉卜赛女人的腰，走在林森路（霞飞路一度叫这个名字）上，而吉卜赛少年则成了给他们的姐姐嫂嫂拉皮条的，躲在街角落里跟水兵套近乎，问：“嗨伙计，想要漂亮妞吗？”但是还不等解放大军开进上海，这些流浪者又不知悄悄地漂流到世界的哪一个角落里去了。

"Very good 皮鞋带"

在辣斐德路、亚尔培路一带，住的外国人就更多了。不过还是以俄罗斯人和南欧（西班牙、葡萄牙）人居多。只要看到屋子有百叶窗和白纱帘，就知道里面住的是外国人了。我到一位姓江的同学家里去，他父亲是个从哈尔滨来的医生，出资在辣斐德路拉都路口路北底层街面开了家"马迭尔皮鞋店"（马迭尔是英语"Modern"的音译）。他家住三楼，朝马路对面看去，那里的三楼里就住着一家俄罗斯人。因为天热，女人上身只穿一副奶罩，我当时见了不免有些吃惊。在这附近的一家二三轮的"上海电影院"看电影的外国人也多半是俄罗斯人。当时他们都很爱穿美军剩余物资里的那种深绿色的卡其布工作服。

有一次我看到辣斐德路海关大院靠马路的几棵玉兰花一朵朵大白花开得很好，便爬到高处去采，我小时候爬树的本事可不小。此时，下面有一位洋太太经过，仰起头来看我摘花，并且做出想要的样子。我便摘了几朵下树送给她。这算是我生平第一次当了一回骑士吧。不过，会跟我要花的大概也是俄罗斯人。真正有钱的英美大班都住在虹桥路那边。富有的法国人则住贝当路（今称衡山路）一带的高档公寓里。我们家附近住的都是二等白人，要不就是犹太人，他们是逃避德国法西斯的迫害来到中国的。他们虽然穿的也是西服革履，但总透出一股寒酸气。我有一次走到雷米路小菜场附近，遇见一位瘦瘦小小的外国人，手里拿着一只当时小学生用的长方形皮书包。小个子外国人见到我，把书包举起打开，只见里面放的是一束束的皮鞋带，他让我买他的货，说："Very good 皮鞋带。”那个“鞋”字是用上海话发音的，作“a”声，因此，“biata——”连在一起念非常顺溜，活像是一句英语。一副皮鞋带能值多少钱呢？足见他买卖的规模也够小的了。

拉都路北端近霞飞路处路西，抗战胜利后也盖起了一座犹太教堂（synagogue），大门上方饰有一只六角星。后来我才知道那就是所谓的“大卫之星”了。

海格路与 St. John's 大学

前面所说的是我念中学时爱去的一处地方，另一处则是霞飞路海格路（华山路）一带了。那里有一些木框架结构外露的英式建筑，那些尖尖的红瓦屋顶、山墙以及顶楼上的牛眼窗，都让我十分着迷。路拐弯处慢慢驶来发出叮叮铃声，显得十分从容自在的有轨电车，使我觉得这儿的世界远离战争与苦难，连太阳光在这里也似乎格外温煦、灿烂呢。

我去海格路的目的当然不仅仅是领略异国情调。海格路上开有好些家专卖西书的旧书店，我可以不花钱站在店堂里看上小半天。有时也会买上一两本。那里的服务很是周到。倘若选中什么书又嫌太重自己不好拿，或是钱没带够，尽可以把地址留下让店里送货到家然后交书费。我有一次就以这样的方式买了一本大词典。我回到家不久书店的小学徒就骑车把“货”运到了。后来我去北京工作，我父亲还托我姐夫坐飞机把词典带来，至今还在我家里柜顶上垫古玩呢。

海格路往北，就是静安寺与愚园路一带了，再往西北，是兆丰公园与圣约翰大学。我曾随年纪稍大一些的小朋友“潜入”St. John's 校园去玩。我只记得那里有一棵很大的大树，枝杈分得很开，布下很宽阔的一片浓阴。我们几个孩子走累了，便在树干周围躺下，看着绿茵茵的大片草地和远处的红瓦屋顶，那里好像还有钟楼。当时心想，倘若能来这里上大学，那真是最好不过了。我家隔壁家的几个哥哥都在圣约翰大学念书。他们进学校过不多久就像换了个人似的。一举一动都斯斯文文的，说话不但不带脏词儿，虽然仍然是说上海话，但是连土一些的“侬”和“阿拉”也都不用了。我问过一位哥哥，他若是要对大学老师提问该怎么称呼。他说，先要叫一声“sir”。这使我觉得大学跟中学就是不一样。这位哥哥还说，他参加了约大的一个“团契”，经常练习和表演合唱，唱的自然都是宗教歌曲。听他一说，这些赞美诗真的是世上最纯最美的音乐了，而他们合唱队的水平又是高级高级了。他用来形容的一个最高级的说法，我记得，就是“har（harmonic，和谐）得不得了”。我中学时去杭州旅游，参观过之江大学，那里在江边山坡上的一幢幢西式建筑也给我留下了极其美好的印象。高中毕业我考大学时，报考了燕京大学和复旦大学的新闻系，结果复旦正式录取。于是我便上了复旦，始终未能在教会大学里受陶冶，直到近四十年后因学术交流来到多伦多大学的一个天主教会的学院，我记得那是以一位圣徒名字命名的 St. Michael 学院。在教师餐厅吃早饭时，一位神父教授还问我你们的于斌主教（台湾教区）近况如何，让我一时之间竟不知如何回答才好。

故乡水

就连珠海本地人也未必清楚白藤湖国际金融度假村究竟在什么地方。我们几个人在广州下了火车，坐了三四个小时的士，被拉到珠海市区的一个度假村，才知道这并非要去的地方。于是又坐两回的士，花了一百多块钱，还坐上轮渡横穿过一个海湾，才在饥肠辘辘中来到目的地。我们是来参加第一届“海峡两岸外国文学翻译研讨会”的。

尽管经过不亚于方鸿渐去三闾大学的折腾，来到这里，我还是很高兴。我是广东人，而且是中山县的，而珠海过去是中山的一部分。我这个出生在上海只回过一次广州的中山人总算回到老家了。度假村是很现代化的，但是一出门，路旁的竹篱后面，便可以见到农民一家围坐在歪歪斜斜的方桌旁吃饭。佐餐的除了蔬菜，也就是咸鱼虾酱一类当年我祖母常吃的东西了。那个跪在长板凳上进食的细脖颈留“铜盆头”的“细蚊仔”，不就是当年的我吗？小铺里除了卖可口可乐与生力啤酒外，还挂着一串串大蕉。那就是小时候阿婆往我嘴里塞的又黏又滑、带点酸味的生果了。时已十月中旬，但是在太阳底下，皮肤仍然感到灼烧，花树也格外浓艳，和北方的沉郁、江南的秀丽就是不一样。

我终于来到我从未到过的故乡了。我是纯粹的广东人，父亲是香山县的，母亲是南海的，与康有为同乡，不管填什么表格，我从来都是在籍贯一项里写上“广东中山”四字，虽然我出生地是上海。但在上海我也总被人称作“小广东”。现在广东话又时髦起来了，听着那种不伦不类的“粤语”，我简直要起鸡皮疙瘩。他们哪里懂得广东话的妙处！我们广东人管小气叫“姑寒”（孤寒），想必小姑嫁到寒微之家，势利的嫂嫂鄙薄她，才这么叫出来的。我们叫神气活现为“沙尘”，在我想象中，是某个恶少领了一彪人马扬长而过，卷起一天尘土，遭到细民们的唾骂。我幼时外婆教我唱的儿歌是：“鸡公仔，尾婆娑，三岁孩儿学唱歌！”

可是我无法寻找我的故园。的士驶入中山境内，穿过石岐镇，从车窗望出去都是高楼大厦。我只知我的老家是石岐附近的茅湾村。什么区，什么乡，一概不清，但到了珠海也就是回到老家。在白藤湖边，我脱去鞋袜，听任湖水涤洗我的走了千里来到这儿的双脚。湖水是多么的清多么的温暖，荇草款款漂荡，是多么的温柔，似在轻轻抚慰归来的游子。不远处有条小舟，女的撑着篙，男的撒着网，这不就是我的祖祖辈辈熟稔的景象吗？当然，偶然也有机船驰过，发出了突突突的声音。这汪碧水哟，都要把我的心溶化进去了。

倘若时光倒流回去二十年，不，哪怕是十年，我是会设法留在珠海，找份工作，慢慢寻访我的茅湾村，像听音乐一样听阿佩的孙辈讲纯正的、带拖腔的香山话的。

艰难前进 *

关于我学习外语的事，真不知从何说起才好。因为，坦白地说，我在这方面至今心里发虚。我的英语只能说是大致过关。别的外语也曾学过一些，但是都已还给老师了。

我小时候，从小学三四年级起便开始学英语，但我看那没有多少用。到五六年级时，太平洋战争发生，香港沦陷，我父亲九死一生逃回上海。他失业在家，无事可做，便想起给我补习英语。我记得他买来一本商务印书馆出版的梅特林克的英译 *The Bluebird*（《青鸟》）。那是个童话剧，文字生动浅显，大概是我第一个勉强从外文读懂的文学作品了。想不到从此开始，结上了与外文、外国文学的不解之缘，也想不到几十年后，我有机会译出梅特林克的另一个剧本《圣安东尼显灵记》。此剧还蒙施蛰存老先生看中，收入了他所编的一本《外国短剧选》。

小时候，我弟弟读的是林语堂编的开明书店英语课本，内容生动，还收有一些英语歌谣，如："Baa，baa，black sheep，have you any wool？ Yes，sir，yes，sir，three bags full。"[1]我听他念，也就记住

---

* 此文系应《英语学习》"老马识途"栏要求所作。

① 译文："啪，啪，黑绵羊，你可有一些羊毛？有的先生，有的，呀，先生，满满二大袋。"

了。里面小孩的问话声调一点点提高，老羊的回答则越来越低沉，让我觉得挺有趣。这大概就是自己与英语诗歌的最初接触了。这里的音调抑扬顿挫与韵律美（如头上三个“b”音和两个尾韵）开启了我对英诗这一方面的感性认识。此外，我母亲在苏州教会中学上过学，会唱一些英语歌曲。家里来了客人，常会聚在钢琴前唱上一首“My bonnie is over the ocean，my bonnie is over the sea”①或是“In the gloaming，Oh my darling,when the lights are dim and low”②，等等。这对我来说，也许既是音乐上，又是英语听觉效果方面的启蒙课吧。反正接下去那句“softly come and softly go”③是很让我迷醉的，虽然当时我不可能明白，“softly”是“轻轻地”的意思，但那声音本身听着就觉得非常温柔了。至于今天的儿童不断听到从电器里发出的哀鸣“Love，oh love，oh careless love”④，日后在外语学习上会受到什么影响，那就不是我所能料到的了。就我自己而言，如果说小时学外语有什么收获，我想无非就是在语言直接感觉与艺术敏感上多少得到一些启发与磨炼。除此之外，再想得到更多的什么，恐怕也只是一种奢望了。

接着，我进入中学。我之所以对英语课有一种亲切感，一方面是成绩还算可以，另一方面是那位女老师人很温和（也许应该说是“温柔”），使我不忍心因我功课不好而使她感到不开心。我记得有一次举办英语演讲比赛，我自以为能拿到第一，结果只得到第三名。这使我伤心得号啕

---

① 译文：“我的小宝贝在漂洋过海，我的小宝贝在渡过大洋。”
② 译文：“天色晦暗，哦我的宝贝，此时此刻，天色晦暗。”
③ 译文：“轻轻地来又轻轻地走。”
④ 译文：“爱情，哦，爱情，哦漫不经心的爱情。”

大哭，这位朱老师把我揽在身边，好言好语地劝慰。高中时一位陆老师也能像同辈朋友那样对待我们，上课时见我们困倦便会穿插讲一个与英语有关的笑话。例如，问我们“Don’t you see？”（看到了吗？）发音像不像上海话里的骂人话“大屈死”？于是学生哄堂大笑，睡意全消。我在这两位态度特好的老师教诲下，取得了中等偏上的成绩，这是至今都要感激他们的。

在高中时我开始编译些小东西，向上海的晚报副刊投稿。多投几次后也蒙采用了。虽然得到的稿酬微不足道——扣掉领稿费时用的车资也只够买一只三角包的花生米，但这样的经历还是给我带来刺激与欢乐。这使我进入大学后继续在这一条路上往前走。从大三时起，我和两位中学同学合译的两本书相继出版。这就“奠定”了我后来所走的外国文学编辑、翻译与研究的道路。

我在大学里念的是新闻系，赵敏恒先生教过我“英语报刊选读”。赵先生免费发给学生他买来的英语刊物。我记得念过一篇 *Why People Snore*（《人们为什么打鼾？》），是典型的 *Readers’ Digest*（《读者文摘》）风格的美国科学小品。赵先生清华外文系毕业，做过路透社记者，外语水平自然很高。我有一次问他翻译中遇到的一个问题“regiment colour”，原以为他总要看看上下文的，怎知他连眼睛都不眨便告诉我，是“团旗”之意。另一位先生伦敦大学新闻系出身，但有一次竟把“thanks to”（由于）解释成“谢谢”，遭到外文系来听课的一位女生的以提问形式表达的诘难，使我们新闻系的学生感到脸上无光。

蒋孔阳先生当时也在新闻系教书，当然，不是教英文。他对我说过他是怎样攻克英语这一关的。他曾从头到尾细细啃读过托马斯·卡莱尔[①]的《论英雄、英雄崇拜和历史上的英雄事迹》。等全书啃完，他的英语水平也明显提高了一大截。我想，这也不失为一种办法。

新闻系的外语课没得好上了，我便尽量多选外文系的课。但尽管如此，我仍然不能算是科班出身。因此，前些年复旦外语系曾托人约我去“讲学”，我近乡情怯，婉言谢辞了。

我的英语水平后来有所提高，现在揣摩起来，大约有两个原因。一是念了俄语。通过对两种外语的比较，许多以前模模糊糊的英语句法、词法上的一些问题，顿时变得很清楚明白了，连整个人也好像变聪明了些。另外一个原因更为重要，那就是通过做编辑工作，我向上级、同级乃至下级学习，向供稿的专家与一般的投稿者学习。学了一年一年又一年，直到退休。前辈如萧乾、朱海观、罗书肆在我改过的稿子上再加工，使我知道，哪些地方改错了，哪些地方本可不改，哪些地方应该改我却没看出来。这对于我，都是在上课，在做作业。当然，外面的译者更是我的老师了。我经手发过稿的译者的名字，几乎能构成一部近代翻译史：周作人、傅雷、邵洵美、董秋斯、叶君健、丽尼、卞之琳、杨周翰、王佐良、周珏良、赵萝蕤、吴兴华以及杨宪益、冯亦代、杨绛、李赋宁、屠岸、绿原……实在难以一一列举。这些先生的译作，我都经手过也就是用心学习过。看得多，眼界自然有所提高。这样，即使自己手低难以追随名家，比起在井底称王称霸的青蛙，总多多少少要占些优势吧。

① 托马斯·卡莱尔（Thomas Carlyle，1795—1881），苏格兰哲学家、评论家、讽刺作家及历史学家。《论英雄、英雄崇拜和历史上的英雄事迹》（*On Heroes, Hero-Worship and the Heroic in History*）是其代表作之一。

负疚感

很久以来我就对我的妹妹有一种负疚感。这种情绪逐渐形成一个“情结”。在我逐渐进入老年时，它对我心态的影响越来越大了。

抗战时期，我的家庭一下子从小康落入了困境。父亲经常失业，大哥不得不辍学，到一家钱庄去“学生意”。妹妹与小弟则被疏散到外地的舅父家去，那里至少有一口饭吃。小弟有宠爱他的外婆的荫庇，能继续过他“金色的童年”，只有六七岁的妹妹实际上成了帮着干家务的小丫头。舅妈自己有好几个小孩，不可能照顾周到。外婆有点不明事理，采取的不是“一碗水端平”的政策。听说有一次妹妹睡梦中从阁楼上翻跌下来；幸亏身体轻，居然没留下任何伤残。等到战争结束，弟妹被接回来，我见到妹妹双手红肿，长满了冻疮，头发也因为有寄生虫不得不剃去，戴了一顶绒线帽，好久好久都在弄堂里抬不起头来。

接着她上了小学，和我在同一个地方，每天由我领她上学。那时家境已经好转，每天早餐后可以领到五六片又甜又脆的饼干，让我们一路走一路吃。这就是一天中很让人高兴的一项节目了。我们从家到学校大约要走十分钟，得过两次马路。我很快就把饼干吃完了，妹妹舍不得吃，总是像蚕宝宝吃桑叶那样沿着边缘一点点啃，过马路时总还剩下三四片。

她年纪小，胆子也小，不敢一个人过。我到那时必定以不带她为威胁，要她“上贡”一片饼干。她从不肯，到犹豫，到做出决定，必然有一番思想斗争——每天如此！但最后总是不得不忍痛割爱。单从一两片饼干看，事情不值得一提，但就儿童心灵上所受的折磨来说，则是与一个无辜者受冤狱相差无几。记得马克·吐温还是谁说过，小孩有时也很残忍，可以成为十足的恶棍。我当时的所作所为，就和现在乱设关卡敲农民竹杠的地头蛇们本质上没有什么区别。

妹妹逐渐长大，进了中学，又进入大学。但毕业后境况一直不算顺利，总是在偏僻的小地方转来转去，所学的专业得不到充分发挥的机会。直到80年代初，才在一个中等城市的大学里落下了脚。但时机毕竟错过，直到快退休才评上副教授。其实据我观察，她既有相当的专业水平又是个天生的教师。后一方面我特别不行，上了讲台，半小时内就能把全部学问倾吐殆尽，再下去就不知道说什么好了。我摸爬滚打一路奋斗过来，虽然落下个遍体鳞伤，但怎么说也比她强一些。虽说人人生来平等，但这不过是个理想，在实际生活中，还是很难实现的。

从未出过那么多汗

我从小便是个平凡的孩子。爱玩，却不算特别调皮。我从未被人目为天才，不像张爱玲在她的《天才梦》里所写的那样。只是在进入初中以后，我发现我作文写得比别人快，而且也有几次被老师选中，贴在墙上，供同学们欣赏评论。

从那以后，我开始向报纸投稿。第一次录用大约是在 1947 年，那是三五百字的一篇短文，写的是什么我已记不清。但印象很深的是收到稿费通知单后的激动心情，我从未出过那么多的汗。接着，我在规定的时候揣上“私章”——那都是通知单写明必须照办的，瞒过家人，去完成一件大事。我搭乘 22 路公共汽车——20 世纪 40 年代在上海住过的人应该还记得那种粗笨、酱红色的车子，在河南路四马路一站下车，又走十来分钟，来到当时报馆林立的望平街。我找到那家报馆，走上楼梯，推开斜支着两根锃亮铜棍的玻璃门，几经打听，终于找到出纳柜台。那柜台相当高，我的眼睛仅能刚超过闪闪发光的大理石台面，瞥见那位戴金丝边眼镜的出纳小姐烫得蓬蓬松松的头发。稿费拿到多少我已毫无印象，但有一点是可以肯定的：扣去了来回车资，那点钱也只够我买一个三角形小包的花生米了。

从此以后，我这么拐，那么绕，通过念新闻系、当编辑、搞翻译、写论文，千方百计地向文学靠拢。我没有写出鸿篇巨构，更没有富起来，但这不要紧。我的工作就是我的娱乐。我成天与文学巨匠们亲近，直到深夜他（她）们还在向我喃喃细语，与我“耳鬓厮磨”。当然，我自己也写一些小东西，它们不值一提，但是这无关紧要；在写的过程中，我宣泄了自己的苦闷，玩味着些许的创作喜悦，也就是说，是在实现我儿时的文学梦。我知足了，因为我本来就是个平凡的人。

爱玛，这就是我！

一过七十五岁，又患过重病，就连梦中也在想赚钱的旅行社，也不敢将我这样的“危险分子”拉进花样繁多的“夕阳红 × 日游”行动了。剩下来能让自己 kill time（杀时间）的，除了玩玩假古董，便只有写点小文章和译些东西了。文章写着写着，“囊底渐渐空上来”，笔头自然日见枯涩。翻译方面，倒时不时总会有位“不忘旧情”的编辑相与邀约。所以 2000 年病后近十来年所译的东西，竟比上班四十年业余时间所译的，还要多出一些，而且面也广，早已不限于曾使我“浪得虚名”的福克纳作品了（当然，福克纳这方面还陆陆续续在搞一些。我巴不得有青年才俊来接班，绝不会想到那是在“摘桃子”的）。只要无须赶时间，又不是和自己性情格格不入和篇幅太长、太艰深的作品，我还是很愿意像锻炼身体那样每天译上几百到一千字的。而且我自觉有点像是进入了一种新的境界，我想用“神驰八极”这样的说法来戏称我近年来所做的翻译工作。因为通过爬格子转换文字，我像是进入了一个个为我从来都不了解、连想象都想象不出来的世界，进入了一个又一个无比新鲜的精神世界。我逐渐学用书中人物的身份来说话与思考，真有点像一首歌里所唱的那样，是在“快乐着你的快乐”“悲伤着你的悲伤”了。

就拿美国前总统里根的夫人南希·里根来说吧。我译过她的《我爱你，罗尼》。现在看来，在搞垮苏联东欧集团上，里根显然起过很大作用，但是对他应作如何评价不是我管得着的事。而且即使他从未当过总统，也不妨碍他与南希成为一对情深意切的恋人和夫妻。一直到里根老年痴呆连妻子都认不得了，南希依然在眷恋着他，体贴着他。这样的感情委实不多见。所以在翻译他们的情书哪怕是一张小小的便条时，我也是惊喜不置、歆羡不已。这也使我联想起若干年前译过的美国女诗人 H. D. 的一首诗《群星在紫光中旋转》。那里面歌颂了始终固定在天顶的北极星，说它也许不像别的星那么“明亮耀眼”，但是却：

……显得清醒、矜持、冷峻，
当所有别的星摇摇欲坠，忽明忽灭
你的星却钢铸般一动不动，独自赴约
去会见货船，当它们在风浪中航向不明。

在译这首诗时，我不禁忆起了“运动”中自己倒霉时，仍不避嫌疑与自己见面的亲人与朋友。

在翻译中能想起北极星，感受到它的坚定，这也可以算得上是“神驰八极”了吧。

几年前与老友蔡慧（已病故，他一辈子都在勤勉翻译，译笔忠实优美，得到的人生回报却那么少，但愿他的在天之灵能得到更好的照料）在五十年后再度合译了一本书：简·奥斯丁的《爱玛》。译完后，我在《前言》里写道：“在译者翻译……的过程中……逐渐认识了爱玛这一有着各种优点与缺点的活生生的形象，同时也通过这面镜子的反照，能对自我有比以前较深一些的认识。说到底，阅读文学作品最大的益处无非就是通过这一智力活动，帮助自己更深刻地了解自我、他人，认识社会与这个世界。”我在爱玛身上看到了我自己和周围人的许多通病。直到此时，我才对福楼拜的那句名言有所顿悟，他的原话是：“包法利夫人，那就是我！”我体会到人（当然不仅仅是我一个人）在世界上最重要的精神活动便是认识自我与洗涤自己灵魂上的污垢。“忏悔吧！”这句19世纪末流行过的口号（曾出现在鲁迅仙台的课桌上）仍未过时。

大约半年前，有家出版社约我翻译英国儿童文学名家米尔恩所写的两本关于小熊维尼的故事，这倒是我乐于从事的一件事。因为福克纳1927年前在回答一家报纸的询问“自己最愿意写过的书是哪些”时，曾回答说，是《白鲸》《摩尔·弗兰》和《想我们曾多么年轻》。而最后的那本，正是米尔恩的儿童诗。我在译完《小熊维尼阿噗》后，写了一篇后记《我们都是阿噗》，里面说：“本书是英语儿童文学中的一部名著，自1926年出版以来，经久不衰。这本书不但少年儿童爱读，成年人看时，也常常会发出会心的微笑。这不仅是因为这本书能使他们忆起自己的童年，而且是时不时会感到作者对人性具有相当透彻的理解。书中的阿噗与其他动物，形式上是动物，但是又都通人性。它们身上的毛病、弱点、缺点、特点（应该说也还有不少质朴的优点），种种憨拙可笑之处，我们自己的身上幼年时有，长大后仍然也有（只是隐藏伪装得更深罢了），直到今天七老八十了不但未能褪尽，反而‘返老还童’，倒是更加昭彰了。我在译的时候，总是不由得觉得：这书中所写的不就是我吗？不就是我周围的芸芸众生吗？阿噗是我，我也曾是与仍然是阿噗，我就是阿噗。我们大家都多多少少也是阿噗。英国人是阿噗，我们中国人也一样是阿噗。大家都同样具有阿噗一伙的种种小毛病，例如：有点儿自私偷懒，却又不肯老老实实地承认，总要找出理由来自我辩解和自我原谅，明明自作聪明，做错了事，吃了亏，却还要自我譬解、自我安慰而且还会自鸣得意（这一点简直有点像鲁迅笔下的阿 Q 了）。不过阿 Q 是鲁迅用蘸着酸液的自己的血写成的，而阿噗则是米尔恩微笑着用自己的泪写成的。”

我接着写道：“福克纳在答某报时说：‘我自然会非常一厢情愿地希望，我能够比米尔恩先生更早就想到了其中的一切。’足见米尔恩所写的与他所想的有共通之处。而作为译者，我也竟是这样。我译着译着，自己就渐渐成了阿噗。”

这两本书，中译本已有不少，包括前辈任溶溶先生的在内。我自然不见得能译得更好。但我在阅读原文时，常能发现一些与英语文化、英国人性格有关的妙处，便试着用稍稍调皮一些，甚至态度上不无“放肆”的方式，用更趋于“神似”而字面上不过于拘泥原文的文字，尽可能将原文中，特别是双关语与阿噗的那几首诗里的童趣，传达出来。但要说做到了“曲尽其妙”，那是绝对不敢的。

译完了两本童书，又应约译了艾丽丝·门罗的短篇小说集《逃离》，这位加拿大女作家已经渐有登上英语文学中首席短篇小说家的趋势了。接着还应约译了 T.S. 艾略特的《大教堂凶杀案》。他的诗大抵都已有不止一种中译，但诗剧却从未有人译过，我很荣幸，得以取得这个“第一”的位置。发表时有陆建德先生的文章对该剧所写的历史事实作了详尽清楚的解释，连作为译者的我，也获益不少。可惜翻译时尚未能读到。译文在《世界文学》今年第一期上发表后不久，我很快收到山东一位读者的来信，说他已“选定了此剧，作为接触宗教的第一步”。他愿意这样做，想必有他自己的原因。但我还是有虚荣心的，所以很高兴地看到他接着说，这出诗剧“在您的手下被译得很有韵律和美感……很多句子完全值得背下来。总的来说，这本书真的很好看，这也许是最高的评价”。使我很高兴的是，他所引出认为精彩的一些诗段，主要是剧中的“合唱队”的唱词。而我自己觉得，自己唯一能与剧中人物引为同类的，也恐怕只有那个“合唱队”了。我不是英雄，也不是恶棍，我是处在剧中背景处的合唱队中的一员，但是我看到了一切，也还有些自己的想法。

除了以上所提到的之外，我还译了别的几本书，此文不是工作汇报，就不一一胪列了。幸亏译福克纳的《圣殿》的不是我。否则，在逢到译者被问到自己像书中的谁，像福克纳有一回那样，被一位女士问到作者是书中的谁时，说不定也会忍不住要幽上一默，沿用福克纳的回答，说“夫人，是那只玉米芯”了吧。

生日礼物

前几天坐地铁上班，耳朵里传来一阵阵架子鼓的敲击声，还以为路经某家发廊。后想：荒唐！地底下十来米哪能听到市声。环顾左右，发现斜对面有一年轻人戴着耳机在听 Walkman（随身听）。天哪，他音量未免放得太大了，耳膜还想不想要？这时一个想法冒了出来：我决不给自己的儿子买这玩意儿。

儿子的生日快要到了。去年这时候，闹哄哄的，他的生日不知不觉就过去了。今年总该有所表示。不过，买什么呢？

上海的情形不知道怎样。这几天，北京外文书店在出售一种《彩色国际版牛津百科大辞典》。因为售价太昂，要二百三十元一本，售货员小姐不让翻阅，只能“遥看”。越是这样，我偏想了解。于是让单位去买回一本，工具书，编辑部总有用的。

插图本的外语词典过去不是没有买过，翻了几天都束之高阁了。原因是它既然有图，词条与释意便不会详尽，且无例句。对于我这个想穷究一个词的底蕴与用法的人来说，用处不大。插图也是单色线条，许多内容表现不出来。现在的这本又是如何呢？

我把这本两千一百余页的大辞典（台湾旺文社 1989 年版）翻阅了几

天之后，得出初步结论：该书封套勒口所印的“本书十五大特色”，诚非虚言。

先说词条，编者说收有十二万条，例句十万句，那就与郑易里的《英华大词典》不相上下了。至于准确性，由于是根据《新牛津插图辞典》“增订编译”的，估计不会有什么问题。文字部分，内容或比不上美国的 *The World Book Dictionary*（《世界图书英语大词典》），插图方面的优点却是不容低估。我看在插图内容新鲜、印制技术先进上，它确实超过了我所见过的别的以插图多为特色的百科辞典。

据介绍，全书收录的彩色照片与分解图片共五千余幅，其中不少是整页大小的（28.7cm × 21cm）。许多用文字说不清的事，一看图片，马上就明白了。比如打结的“结”，那么多种，怎么说得清呢？（难道真要这样写吗，“先用一绳左端压在该绳右端之下，然后由上弯过……”？）《百科大辞典》1007 页有一张插图，上有十九种结，并附原文与译文。英国的“巨石柱”（Stonehenge），在电影《苔丝姑娘》里见到过，到底是怎么一回事，不清楚。该书不但有实物彩照，而且有说明其与日出、日落方向关系的图解，从中不难推测石柱与不列颠先民太阳膜拜的因缘。不少人读书时遇到众多的希腊神道，感到怵头。读到“Eros”条旁的优美的油画，会使你再也不会忘记伊柔丝与赛克的形象。过去读莫泊桑的《一生》，对与故事有关的诺尔曼海边的“大拱门”，始终不甚了然。书中不但有莫泊桑的照片，也有“大拱门”的彩图，并注明高达九十米。《辞典》里的动植物照片也很珍贵。“hibenate”（冬眠）条旁的全页彩照里那只甜梦中的小田鼠，顿时使我对鼠辈的厌恶减轻一半。狗类里的什么“獒”，什么“㹴”，猫类里的什么“tabby”（银毛虎斑猫），毛姆写到过的“casuarina”树（木麻黄），从《辞典》里都可以见到真面目。

不久前读到老友梅绍武的一篇文章，说他所以走上学外语的道路，是因为儿时在父亲的书房里见到众多琳琅满目的外国画册。我不敢奢望天资愚鲁的小儿成为梅绍武第二，但是有了这本辞典，他的外语兴趣至少会有所提高。于是我搜尽了抽屉里的现款，冒着大风骑车去五道口买回一本，并且觉得与四五百元一只日本进口的 Walkman 相比，实在不能算贵。

（1990 年 9 月）

收藏者的自白

北方的隆冬，你得在黑乎乎的街上跟外地打工仔挤头班公共汽车，坐个把小时，又走上十分钟，这才来到古玩市场。这里狂风卷着黄沙，摆露天摊的商人冻得顶不住时，便把摊子撂给邻摊照看一下，自己上稍稍暖和处去“抽根烟”。而你，别的一些老头儿，还有操闽南腔“国语”的台胞、韩国文物贩子、金发碧眼的老外，却流着鼻涕，蹲下僵直的腿脚酬寻起来。有时一上午你都会一无所获，但临走时却瞥见有件宝贝在阳光下朝你眨眼，对你微笑。一面半边锈烂的青铜镜呀，一座缺了个角的开片石榴尊呀。铜镜上西汉蟠螭的后臀仍在扭动，让你像个老色鬼般怦然心动。石榴尊大大的肚子像个孕妇，上面忽又收小，显出少女的身段，它还披一身薄如蝉翼的“金丝铁线”。你装出一副若无其事、半死不活的模样——经历过那么多次运动，这点本事还没有吗？对着边上一件俗里俗气的帽筒或绣墩，发起“佯攻”，价钱自然是谈不拢的，你本来就不“诚心”。你抬腿要走，却漫不经心地回眸，点点你相中的那件，吐出几个字：“旁边那件残了的呢？”他开了价，不会太高，因为此时他已不设防。你拿起来看看，确证是件好玩意儿，而且没有不可原谅的毛病。撂下，扔给他一个价儿。也别低得离谱，不然他会认为你在打哈哈。总得让他有点赚头不是？他终于蹦出一句：“交个朋友，拿去！”于是你一边说“上当了，亏了”，一边从内衣口袋深处掏出几张票子，换回一张脏兮兮报纸包着的东西。在放进挎包前你还需打开再看一看——有一次回到家才发现少了一只一并买的小件紫晶猫头鹰，也不知真是漏了还是摊主玩的花样，此时你找谁去？成了，一趟淘到件把像样的见好便收。多买必失呀。定定神再上书摊那边溜溜。哈，还果真觅到本值得一买的书，是《平山郁夫画文集》，开本不大，印制也不算很精，但扉页上有咱们这位日中友好协会会长的亲笔题词。对比了一下题词与书中画上题款，看来确是出自同一人手笔。此书是赠给我国的一位女士的——后来听说是一位走红的电视剧导演，恕我无知失敬。不过她怎么会把这书“处理”掉的呢？不解！买此书没花多少钱，译上千字满够，值啊！

到这时自己也冻得够呛。

肯定有人会说，以你的水平，收来的怕都是假古董吧。那是自然，本来就不指望那石榴尊出自修内司窑。不可能的呀，连博物馆里珍藏的也常被甄别出是“寄托”品呢。听说过这个故事吗？台湾“国防部长”俞大维下台后，生活困难，遂将多年来别人走门子送的南宋官窑珍品——自然是用锦盒装了又用丝绸包了又包的——拿去估价。古董行的答复是:都是仿品。“部长”大人的遭遇尚且如此，更何况你我呢？不过，若说没有一件真品，怕也不尽然。至少原来就是民间或少数民族的用品，造起来费事，也挣不到钱。一只绿釉刻花水罐，一只酱釉龙形提梁皮囊式酒壶，一块刻花红漆略略涂了些金粉的绕线木板，一只红绿彩的小钵……相信都是真的。我太太“陪嫁”里就有差不多样子的线板，如今找不到了。辽代的陶瓷确是不难觅到。前面提到的那只酒壶，说它是酒壶而不是水壶，因为只有十几厘米高，那容量盛水是不够萧太后麾下的一番将解渴的。上面的提梁，龙头都急猴猴地伸进了壶身，它也想喝呢，多么巧妙的构思！那只红绿彩小钵，买来时还剩有半钵膏药——准是治“跌打损伤”的。钵头肚子圆鼓鼓的，红的菊花，绿的菊叶，乡气十足，憨态可掬。也曾“踅摸”到一只磁州窑的小罐，白地黑花，画了一只鹳鸟，蜷起了一只脚，喙部长得有点夸张。总共十来笔，一身羽毛比齐白石笔下的和平鸽精神多了。身边云气缭绕，眼看要振翅冲天。小罐有个“冲”口。真不相信有人为赚几元钱作这个假。也曾用较高价——对我来说——换来一只白地黑花的坛子，下面还有许多板结的海蛎子呢。当是元代沉船的遗物了。别的暂且不说。紫砂器出现年代不算太远，真品还是会买到的。曾收到一只白砂扁腹壶。一侧所刻山水，品位不低。另侧书法颇见功力，镌功亦好，文作：“古瓷瓯甚洁／红炉炭方炽／沫下曲尘香／花浮鱼眼沸。”无落款。但壶把根处钤有阳文楷书“真记”椭圆形小章，该是程寿珍翁（1857—1939）所作，至少是监制的。落当代名家名章的赝品虽多，但总还有些漏网的真货。一次星期天下午去到旧货市场，牛气些的摊主都已走人，只剩稀稀落落几个老人与妇女还坚守阵地，指望最后一刻弄到几个现钱应付开销。远远就望见一只“光货”，极其普通的样式，但是含有说不出的俊逸气韵。拿起盖子一看，是用排字的铅字戳的名字：张红华，心中狂跳不已。当即用低廉的价格从一个乡下女人手上购到。此壶是有毛病，内里竟盛过水泥，且已板结，撬了半天也弄不干净。但是无妨，不用来泡茶便是。从用铅字镂印此点推断，当是“文革”后期所制。听说“革命化”风气袭来，大家都不用名章了，后来又逐渐做些只有自己认得的记号，再后来又“羞羞答答”刻上名字。

但篆字隶书都是“四旧”，便从印刷厂要来铅字，细线捆住，便算图章。当时的张红华还是个稚气未脱的小姑娘。现在士别三日，已是高级工艺师了。这样的壶，用上万元怕也求不到了。也曾弄到一些和尚化缘用的紫砂钵。上书光绪八年某某书某某刻，为 ×× 寺 ×× 庆典制作。这些事要考证查实有一定难度，也没那么多精力去做，但看来此物非是假造的，摊主从买者手里并未得到多少钱。一般来说，要就是造上一件就能赚上一大笔，要就是成批生产，盈利积少成多，否则造假便失去意义了。

有时买下一件东西，隔天又见到一式一样的，便知道大概上当。不过也不尽然，话不可说死。好在原来没花多少钱，钱囊羞涩，不比倒手便赚十倍廿倍的古董商人。但既然买了，也就不后悔。比在大商场工艺品部买总还便宜一些，而且既然自己相中，也总有可取之处，算是件美术品。美的物件是永恒的愉悦。这是英国诗人约翰·济慈说的，原文是：“A thing of beauty is a joy forever.”李光耀给太湖东山某处题词（原来该是写在纪念本册上的），把其中的“thing”（事物）改成“place”（地方），颇工巧。而当地旅游部门的某位“吴门才子”，稍稍加以歪曲，把泛指改为专指，译成“这是一个美好的地方……”又刻成石碑，变成广告，不免表现出南方人特有的慧黠。不过此是题外话了。

（1999 年 3 月）

真假古董

我年轻时就不是个会玩儿的人。游泳、跳舞什么的，只能算是“粗通”。等外面时兴玩摩托车时，我已经上了岁数，更不敢碰这种危险品了。若问我工作之余做何消遣，除了看闲书、听音乐、看画，逛书店和旧货铺就是我的最高享受了。但我没赶上好时机也缺乏眼力，绝不可能收到宋版书与宣德炉。“文革”期间，有人几百元就购到一架名牌“斯坦威”三角钢琴，我即使有这份心也没有那么些平方米。60 年代初，我用四百元从隆福寺买了张花梨木大理石面足足躺得下一个人的二手写字桌，还在单位里挨点点戳戳说了十来年呢。（如今同样的那些人又夸奖我“有眼力”了，因为在高档“家私行”里，不甩出一万多人民币这样的桌子搬不回家。）“文革”后期曾以五到十五元的价格购到几只金丝楠木、紫檀木的画框，这就算是发了笔小小的“国难财”了。有的事情真假莫辨，眼下还不敢吹牛。如前些时从地摊上买回两件“大明万历年制”的瓷器，一为二十厘米直径的青花盘，上有八仙过海图，用芭蕉叶图案隔成四小幅，每幅二仙。另一为五彩八角葫芦形花瓶。家里人都说是假古董，我说就当它是真的岂不更为有趣。

古玩文物我是十足的外行。要说历年来收进过什么值得一提的东西，那还是几本旧书，大抵是从东安市场买来的。

我买到过一本书——书本身没有什么可说的，但是书里却夹着几样东西。一是一张发黄的照片：一对土头土脑的乡绅夫妇，正襟危坐，做出一副照相的样子。老爷太太之间放了张半人高的茶几，上置一盆花，茶几下面是只高筒痰盂，背后则是绘有花树的布景。与这张照片放在一起的是张画在土纸上的符咒，不知出自哪位茅山道士的手笔。照片早就不知去向了，符咒却还隆重地供在镜框里，摆在工作室的一角充作镇邪之物。镜框另一角是我从买来的另一本英文书里找到的一张名片。上印："张大千（制），北平府右街罗贤胡同十六号，电话西局二千九百一十八号。"我原来只知张大千名"爰"，拿不准这位张大千是否即国画大师。后来偶尔在《北京日报》上读到陈伟华写的一篇文章:《张大千明志守节，拒与日伪合污》，内称："张大千在'七七'事变后从颐和园听鹂馆搬到城内府右街罗贤胡同十六号居住，闭门不出。"这才敢确定无意中得到的真是张大千 1936 年的名片。名片上，"张大千"三字右面还用铅笔注有英文拼音，想系不懂中文去求画的西人当时记下的。一时之间，我仿佛听到了大师的那口四川方音。

1957 年，我以两元五角人民币买到一本英国作家司各特的小说《圣罗南的泉水》（1823）。这原本没有什么稀奇，司各特的小说书店里多得是。但这一本却是 1853 年巴黎出的，而且不是法译本，是英文原本。从纸张、字体、装帧等方面看，确是上一个世纪产物——19 世纪的书我还见过一些。最近我请司各特专家文美惠女士帮我鉴定。她研究了一番后在清晨打电话跟我说很可能是真的。她说：1853 年是作者逝世后的第二十一年，当时司各特在欧洲大陆名声很大，各种文字的译本纷纷出现。法国人喜欢他的书进一步想读原文，巴黎从司各特后裔处取得版权出版完全是可能的。何况扉页上还标明出版者的名称与详细地址："博得莱欧洲文库，巴黎艺术桥左近马拉瓜桥 3 号 1 楼。”连印刷厂的地址也交代得清清楚楚：“都诺公司，拉辛路 26 号，奥迪安附近。”（在巴黎念书的中国学生不妨去“现场”踏勘查访一番。）我的这本“古本”倘能脱手，价值当在舍下全部家用电器之上。哈，这也是我的一个小小的“黄金梦”。

1972 年，北京的旧书业开始有点复苏的势头，西单商场内一家小小的“中国书店”对外开放，士子们趋之若鹜。在那里我又以两元五角的代价购到一本阿瑟·惠黎的译诗集《古今诗赋》，一名《中国诗歌 170 首》。我本不研究译诗，之所以买它是因为扉页上印有“谷若藏书”之章。这准是从老前辈哈代专家张谷若先生那里流散出来的，说不定里面还有一段故事。不久前，我请同事张玲女士拿去让其尊翁识别。不想几天后张老在书前题了一大段话：

无可奈何花落去

似曾相识燕归来

“文革”中半生藏书，失散过半，流水落花，只有慨叹。今岭南李君文俊，示以此书，绝望之物失而复见，其喜可知。李君专研美国文学，且执译界文坛权衡，东壁图书，满目琳琅，吾所失书得以厕身其间，虽不成双，谓之栖身珧梁，有何不可。小女张玲，以旧人词句提示，颇可道出此番因缘，因谨题赠，以博一笑。

八十九叟张谷若

每一样东西背后必定有一个故事，我早就说过了。“权衡”云云则是对晚辈的奖掖，并非实情。

家有真品

（20世纪）50年代末，单位里的一位女同事移居日本。不少人都觉得这位女士浑身是刺，但她对我们夫妻倒还不错。她以老大姐自居，常在生活与处世为人上给我们一些指点，还帮忙操办过我们的婚事呢。当然，偶尔也要借我们的口表达一些她不便自己出面说的意思，说得难听点便是把我们“当枪使”了。以至于有一次领导板起脸关照我们：“××的话不能全信。”其实，谁的话能全信呢？以上所述，算是“引子”。

这位女士临走时送给我们两件东西。说是“纪念品”也许言重了，反正她没这样说。一件是一只日本瓷杯的盖子，绘有鲜明的日本图案，蛮好看的。后来不小心打碎，便扔了。另一件是只宜兴紫砂笔筒，不过是淡青夹黄色的。笔筒呈竹节状，还粘有浅绿色的两根竹枝和墨绿色的四五片竹叶，或宽或细，搭配得体，十分雅致。我和妻子很喜欢，但也没有特别看重，就放在办公室桌子上，一直到两人都退休了才拿回家。是塞在行李袋里，跟茶杯、茶叶罐等混在一起拎走的。离退休者免不了都要过这一场戏。

近来收藏风陡起，大小报刊也都登载有关文字。今年4月18日的《北京晚报》上登了一条消息，标题是《台湾假冒名壶泛滥浙江（应为江苏）

女大师怒发冲冠》。里面说制壶大师蒋蓉对台湾壶界提出指控，因为在那里假冒她的制品成风，假货“一件能卖三四十万新台币，有的则卖到七八十万元”，甚至连她的印章与“保证书”都被假冒制出。

这条新闻提到印章，引起我的注意，因为我记得我们的笔筒底部是按了个戳子的。于是便找出笔筒倒过来看。不看犹可，一看却吃了一惊，原来正是“蒋蓉”二字。那位女士赠物是在50年代末，她得此物当更早一些。那时蒋蓉名气还不太大，不见得有人假冒。记得老大姐持赠时也提过一句，说这可是某某人的作品呢，当然具体名字我们那时是不会记住的。这位老大姐当时兼管美术插图，与黄永玉、吴作人都有交往，是有艺术眼光的。她当时想必即已和一些艺术界人士一起，注意到了蒋蓉的特殊风格。

我们这只笔筒说不定能值一百万新台币，哪天与老妻同游台湾，只要带上此物，住几天圆山大饭店，大概不成问题。过去朋友们总笑我玩假古董，我也只好自嘲，说除张大千的一张名片外，没有哪件是真的。想不到寒舍窳陋居然也有一件真品。其实一百万新台币合多少人民币，我也不清楚。

（1996年7月）

住房上的烦恼

我参加工作后，先是住集体宿舍。结婚后有了一个小房间。这以后许多年都没有变化，直到孩子 14 岁一家人仍然住一间。1986 年搬家，总算有了一间不用放床的工作室，孩子也单独有了一个“玻璃笼子”（外窗安铁格，内墙需为过厅采光）。但新居位于两条通衢交叉处，嘈杂声终日不断，连夜间也不得安宁。刚静下心来写上几个字，便听到售票员小姐在公共汽车里催促买票的“娇嗔”。最刺激神经的莫若她们对着扩音器吹气的“呼、呼”声，那是专门对付坚不让道的骑车勇士的。所以，我宁愿让臂腕上的汗水把稿纸沾湿，也不愿打开窗子。另一个办法就是索性开响收音机唱机，让黑人女歌手、拉管、萨克管的吼声压过 12 楼下的杂音。

近读凌叔华的一封信（《新文学史料》1991.1），才知道旅居伦敦的女作家在住房问题上也有烦恼。凌叔华在那封 1986 年的信里写道：“我去年自从四五月起，被一家以打金针、卖成药发了财的马来中国人哄诱小女小莹来央求我出卖住了卅年的屋。我当时心软，应许了出售楼上二层楼房，自已住在楼下（地底）也可将就，不必搬家及四出觅屋之苦恼。买房人立即交钱（贱价出售），我收到也立刻分与女儿及孙女，俾可补助她们生活。不意买房人野心甚大，买到上面二层之后，即找工人来大加修改，以便逼迫我住不下去，也得把留下二层出售（贱价的）与新房主，他们全栋收下之后，可以大大装修，全栋出售，不到三个月，便可增加四五倍价钱。新房东一来欺我衰老不能抵抗，他们便决定先拆我的住房的天花板，以示威。（在半夜十二点前，大块天花板连带电灯，居然掉落在我卧房床前，幸亏我未上床，否则要砸死了！次日我向新房主抗议，他们推诿工匠搞的。）

“可是过了十来日，新房主授意工匠半夜打开我后面之窗，他们把我衣柜衣衫及书架上各物，甩了一地，细瓷都打破了，形同被大盗光顾过。时值冬夜，我即着凉大伤风。我抗议无效，房主反叫工人在我住室内，靠窗起了一道墙，我住在里面不见天日，等于坐牢了！在同时，我因夜中窗户大大打开，故受了寒，发生恶性感冒，两月不能动。明知敌不过这种恶毒房主，只好让步出售了自住的二层屋。但未移交屋之前，要另找居处，找到后，又遭跌伤腰骨，至今扶杖而行，未能一人出门户，此中苦恼，非言可述。”

凌先生提到的这种恶人，在国外确实常能遇到。留学打工的大陆学生常说，在海外对待他们最狠的往往是华人。白人厉害，往往是从大处着手。华人却爱搞些“狗 × 倒灶”的小动作。我在国外时就遇到过一位NG（吴）姓的香港去的肥婆，体重足有180斤。每天除了打麻将别无他事。别人寄给我的汇款她可以退回去，房门钥匙押金我交的是两元她退还时硬说是一元……旧时上海二房东的形象我早已忘记，却不想在海外重又得以睹见。

怀念旧书店

记得施蛰存先生在一篇文章里说过：要说自己对旧社会有什么留恋之处，那就是过去常去的那些旧书店了。（大意）此话真是深得吾心。我也一直为越来越没有旧书摊、店可遛而感到失落。

我是中学时代开始感到旧书店有趣的。我家住在上海法租界，西人不少。他们都是匆匆过客，捞上一把便另作别图。搬不动的东西包括书统统扔下，“仆欧”们自然会将书送到比“收烂东西”小贩能多给几个钱的书店去。于是书虫们便纷纷蠕动前来嗅闻了。当时，出家门走十分钟，拉都路北口就有一家俄国人开的小书店——不知孟十还借给鲁迅的《死魂灵百图》是否在这里买的？新中国成立前我常去光顾，当时只买得起美军军内发行的横开本小书，其中还有左翼作家马尔兹、法斯特的作品，可见战时美军还讲统一战线。新中国成立后此店盘给一蒋姓男子，听说这个小老板与人合译过马克·吐温的中篇小说，也算得上是位“儒商”了。我手头用的一本福克纳的 *Soldiers' Pay*（《士兵的报酬》）便是那里淘得的，耗资五角。

从那里往西，走半小时便是海格路，迤北有好几家规模不算小的西文旧书店。平放摊在店堂正面的那些漂亮画册是不敢问津的，但书架上文学书不少。站着看一两小时无人管你。我那疏松粗浅的外国文学基础，便是在那里打下的。

霞飞路东头，巴黎大戏院附近，有一家门面亮丽的“国英书店”，橱窗里陈列的都是巴黎正畅销的法文书。那里也有旧书，售价甚昂，但翻阅时给人的感觉不一样。店主夫妇衣着考究，谈吐不俗，与西人对谈(至少是英法两种语言）极其流畅。听说店东姓成，新中国成立后进入一家出版社，译过拉伯雷的书。想必夫妇俩是回国不久的留学生。傅雷一定常去那里。巴金当时住“霞飞坊”，他最爱买旧书，想必也常去。说不定我这小孩也曾见到过。当然我是“有眼不识金镶玉”，正式认识（指我这方面）已是我作为编辑去前门饭店向来开政协会议的巴老组稿时的事了。

上海西区愚园路上也有些摊、店卖外文书，但都系关于园艺、钓鱼、时装一类的消闲书，与我不对路。住在那儿的阔洋人必是不想啃费脑子的东西。记得曾跟随一个来书店卖书的浦东口音的园丁上他住处（大洋房花园边上的一个门房）去看书，也实在找不出一本可买的。最后他说“三钿不值两钿了”，硬塞给我一只网球拍。我拿回家本想夸耀却不料被父亲讪笑一顿。“你知道买一只网球要多少钱？租一次场子又要多少钱？”他问。

初来北京，还是50年代初。东安市场基本未变样。绕过一条条小巷，来到旧书市。感到这里的书比上海的陈旧，无非是庄士敦的《紫禁城的黄昏》、法译中国古诗集《玉书》一类的东西，符合老一辈西人的阅读趣味。北平早成“旧都”，30年代后，外国人都纷纷南下。仅因中印友好，王府井南口一家印度绸缎店一直支撑到60年代，但生意是够清淡的。

东安市场改造后旧书都集中到中国书店，不知怎么便无甚可观了。

灯市口的中国分店，另外再走进一扇门是“内部书库”，卖的书也都十分乏味。

近年来情况有些变化。常去潘家园淘古玩，发现那边有一条巷子，也卖点外文书。一看便知是旅游者扔在宾馆里服务员捡来卖的，得的小款自然是哥们儿几个“密儿”了。从这些书里多少可以窥见今天西方人的阅读时尚。《译林》上介绍的格里沙姆的作品，那里也有。我买到一本儿童小说，初版于 1904 年，但“企鹅版”近年还多次重印，是见因合时人趣味，又被“重新发现”了。

（2000 年 7 月）

我与河南

由于在《南阳日报》副刊上发表过几篇小文章，有人便以为我与南阳有什么关系。其实什么关系也没有，我甚至还无幸拜访过这块宝地。不过，我与河南省倒确实有些因缘。

“文革”期间，我们社科院（当时叫“学部”）在河南息县建立了五七干校。后来，全体人马又都拉到明港军营里“集中搞运动”。因此我也足足吃了两年河南的五谷杂粮，饮了两年的河南水。日子一长，河南话在我听来分外亲切，让我感到像说这种话的农民一样淳朴、厚实。当然，那两年里，宿舍窗户上的铁钩常被拧走，门口水桶里的水勺往往不翼而飞，地里的庄稼也会被提前收割掉。这不免使下来“接受再教育”的老九们感到难以解释。但也正是多接触了各种各样的事情，才使老九们对中国基层的真实状况有所了解，看问题不再从书本从概念出发。就这个意义上说，这也未始不是一种“再教育”。

我曾坐了好几个小时的吉普，送昏迷不醒的老同事庄寿慈去信阳的医院。头天晚上，他和“五七战士”们被指令到禾场上去看样板电影。戏散时坐在小马扎上的他再也起不来了。我在医院里陪了他几天直到他的家属从外地赶来。社科院有不少同志将自己的骨灰留在了河南，他便是其中之一。庄寿慈同志是个优秀的翻译家，抗战期间在大后方从事文化工作，人品极好，至今还常有人念叨他。

“文革”后我只回过河南一次，那是在 1987 年。当时河南大学外语系让袁可嘉、朱虹和我去开封讲学。我们所讲的——至少是我所讲的——学生们并不感兴趣。据说他们首先关心的是练好外语口语以便出国。但学校方面由于某种原因特别热情，临走还蒙校长李润田颁给我们一人一张“兼职教授”的聘书。说来惭愧，我后来再也未曾为河南大学出过什么力。那张聘书至今还存放在我的柜子里，时时提醒我自己还欠着河南大学也是河南老乡一份情呢。

有关南京的杂忆

说起来我与南京还是有些缘分的。首先，我的太座——恕我借用港台用语，其实即是拙妻，便毕业自南京大学。她是学德文的，张威廉、商章孙、陈铨、朱白兰，都是她的老师。我就是因为她的关系，在“文革”后期当“逍遥派”时，想起去南京一游的。当时住旅馆是件相当复杂的事，首先得出示盖有“革命委员会”大印的介绍信。我们不是出差搞“外调”的——当时搞“外调”的满天飞，不知耗费了多少国帑——自然无法住入，况且也未带男女同住一间房必须出示的结婚证。幸而张威廉先生家中有间空房。蒙张先生与师母热情邀请，我们夫妇总算有了栖身之地。记得那是幢小楼，当是张先生的私宅。张先生还想陪我们游雨花台，被师母婉言劝阻，说是“明天还要上课呢”。因此，这该是“复课闹革命”阶段的事了。查了资料，知道张先生生于 1902 年。听说他康健如常，令人歆羡。我们夫妇特地在此预祝老寿翁百岁生辰快乐。

南京大学由原中央大学、金陵大学、金女大等校合并而成，这几家都是名牌高校，为我素所景仰。我中学时的英语老师陆福遐便是中大范存忠先生的高足。而我开始工作时又正好与一位毕业自金女大的女士共事。此女有些来头，英语确实不错，而且到过延安——却不知何故未能留下，又回到了国统区。她挂在口头上的话是：当年还在杨家岭和谁谁谁、谁谁谁跳过舞呢。对她我这刚出校门的小后生自然敬畏有加。但不知怎的，她到哪个单位都与领导处不好。原先在《文艺报》编辑部时便与陈企霞对着干。丁、陈被定为“反党集团”后，她觉得自己反对了，而且走在中央的前面，于是就更加来劲了，又反新的领导。上班用于写告状材料的时间比做正经事的还多。然而，仍是碰钉子，她的“歪打正着”并未得到承认。于是她服安眠药自杀，以示抗议。还是我妻子首先发现她才得救的。不久，她再一次调动工作，听说老调重弹，又与领导搞僵，便异想天开，想“偷越国境”出去告洋状，而且设计的是走去印度的路线——应该说这个主意是有点“创造性”的。当然，她没跑成，并且入了狱。她的事使我增添了人生阅历，对人性的乖僻怪异也多了一层认识。对金女大——南大的印象也更深刻了。可惜这种景仰心情后来在一定程度上受到干扰。

文章真是写得很乱，“场景”又要“切换”到 80 年代了。有一次，在南京开美国文学方面的会。这期间，南大的几位老师，记得有张子清、盛宁，邀我们社科院的几个人到南大附近一家馆子小聚。不料周遭几桌上的年轻人（当是南大学生）竟攘臂喧闹，划拳拼酒，使我们几乎听不见同桌人的说话声。弄得南大几位老师很不好意思。我们赶紧打圆场说：这是时下风气，全国哪儿都是一样的。

这以后还到过南京，那又是因为一次评奖的事了。秦淮河、夫子庙……都曾走马观花到过，当时的印象是古朴的书香气少了些，脂粉气又多了些。好几年过去，情况必定又起了很大的变化。我对南京的认识仍很肤浅。一个地方有一个地方的气质精神，这种说不清摸不透的东西不是那么容易就能让外地人把握住的。

（2000 年 7 月）

客舍青青柳色新

五星级宾馆住过一次也就够了。无非是有几个中西餐厅——菜价特贵，且不见佳，面包还没有对街小面包房新出炉的香呢；房间大些，浴缸可以两人同洗——那样就能洗得干净一些？地下层有桑拿浴室、健身房、游泳池等设备。但我既不想像唐僧那样入蒸笼，也不想在长仅25米的浅池里“作秀”，扑腾几下就会撞着洋女人了。还是到河里去游野泳痛快！总之，住过一次大饭店，也就行了。

我爱住形形色色有个性的小旅馆。当然，不是指“文革”期间需“革命委员会”公函与“结婚证”方能入住的那种。那儿的被头黑腻黑腻，得用自己带的布单隔着才敢躺下。那里还有臭虫与老鼠。天刚亮你与夫人还未清醒女服务员便咣当把房门推开或踢开，抄起你的牙膏权当去污剂，刷洗公用设备—— 一只脸盆兼脚盆。我指的不是那种小旅馆。

我的老友傅惟慈是个坐不住的人——尽管他译过好几百万字的名著。他每年都少不了往外跑两三次。听他说起，西南小县民风仍然淳朴，开家庭旅馆的老太太让他独包一个单间，才收四元钱。清晨，湿漉漉石板路上响起吱咯吱咯的挑担声、推车声——全不像大都市鸣笛的大卡车会隆隆轧醒你的梦，让你胆战心惊。街上有吆喝卖早点的，卖花的，你简直进入了戴望舒笔下的诗境。

我与老妻去夏自费到西欧去跑了一趟。旅行社合同上说好保证提供三星级以上的宾馆，出去后就由不得你了。但我们俩却觉得"吃亏"得饶有奇趣。记得第一晚到巴黎，立即给轰上大巴在黑夜里疾驰了三个多小时，城郊的灯光退隐，终于来到一家小镇上的旅舍。同伴们怨声载道，还有大喊"拉回到飞机场去"的。三更之后好歹睡下。次晨在鸟鸣声中醒来，只见旅舍边是一条清澈的河，对岸矗立着一座古意盎然的城堡。问老板娘，才知已到了"卢瓦省"。朦胧间记起这似乎是包法利夫人清晨跑去与鲁道夫幽会之处。这里的酸奶特纯，"新月面包"（我们叫牛角面包）特香。我一点也不为走了这么多冤枉路与巴黎擦肩而过感到不悦。当然，在"全陪"的抗争下，第二晚我们住进了塞纳河边上的小宾馆。清晨起来朝偏僻的后街溜达，只见街景、建筑与上海前法租界的"爱默虞埃路"上的简直没什么不同。路面上也有空瓶纸片等脏物，使我总算心理上感到有点儿平衡。

在佛罗伦萨，走进一家古旧旅馆的门厅——一般都窄窄的，为了省地方多设些房间——听到高几级的平台上有人在弹钢琴。忽然原先的曲子打住，却响起《茉莉花》的乐声。这位穷艺术家见到来了亚裔客人想表示由衷的欢迎呢。这首苏南民歌由于被普契尼编进歌剧《杜兰朵》，在意大利也是为人熟知的。一曲弹毕，我独自一人大声鼓掌，引起同行者的惊异。这家小旅馆出门往右退后几十米有一架旧桥。听说即是当年但丁初次邂逅少女比亚特里采之处。

到了罗马，住的又是一家有点年头的旅馆。装帧趣味像是"新艺术"时期的——怕有七八十年历史了。我们房间的浴缸，是铁皮胎涂有搪瓷的那种，还有四条兽腿，与我小时家中用的简直一样，真让我有“宾至如归”之感。房间边上有个大阳台，放了些藤椅，大得足可让一家人共用晚餐。早起推窗一看，阳光照着隔壁教堂的钟楼上。那口钟与我们挨得那么近，倘是礼拜日，不定会听到有多少重回响的撞钟声呢。

在奥地利的林茨，小旅馆便坐落在多瑙河边上。清晨，与老妻往僻静处走了大半个小时。河水清清——倒不是蓝色的。草木葱茏，间杂着有一些棚子。原来是划艇爱好者置放划艇之处。到周末，这里该是另一幅热闹景象了。

在瑞士卢塞恩，旅舍离湖不远。那里的电梯之小是我生平从未见到过的。且上上下下关闭在铁笼子里，一路开上去，可见到回旋的楼梯。电梯间前后两面可开，以供住两边房间的人同时进出。这有点像张爱玲当初住的上海赫德路那家公寓里的那种了。翻翻她的散文当可见到有关描写。

从报上看，今年自费出国旅游的同胞更多了。我想奉劝一句，千万别因未住上喜来登、希尔顿而感到烦恼，那些与天津、上海、北京的没什么不同，就像洋快餐，全世界的都一样，还是尽情领略五花八门小旅舍的情趣吧。

（2000年7月）

百遍思君绕室行

——追忆钱锺书、杨绛夫妇六十年往事

5 月 25 日[①]凌晨，我们所熟知的杨绛先生离开了我们，去了天国，与丈夫锺书、爱女钱瑗团聚了。用杨先生的话说，就是“回家”了。在《我们仨》里，她早就豁达地告诉我们：人的生命终结，正有如一次旅程走到尽头，也就是说旅人回到了家。是的，我们世界上的每一个人，无不都是在“万物之逆旅”中稍作盘桓，然后终究要回到自己的老家，去和我们先行的亲爱者长相厮守。

我和妻子张佩芬都算是杨先生所说的外文所的“年轻人”，与钱锺书、杨绛伉俪有逾半个世纪的交往和接触。正因为如此，2010 年我们才会接到杨先生的电话，嘱写纪念钱先生百年诞辰文章。如今，她那带无锡口音的温软话语还在我和佩芬的耳边回响。“萧然四壁埃尘绣，百遍思君绕室行”（《昆明舍馆作》），钱先生当年在西南联大写下的这首思念妻女的诗作，正好表达了我们对钱、杨二位先生的怀念之情。

---

① 指 2016 年 5 月 25 日。

菜鸟编辑组稿记

1952 年，我从上海复旦大学新闻系毕业，被分配到北京。在中宣部干训班培训了几个月之后，即入职刚创刊的《译文》(《世界文学》的前身，1953 年创刊）编辑部。由于工作关系，我常去中关村北大平房教员宿舍组稿，钱家（当时的住房条件不好称“钱府”）也在那里，因而与钱、杨二位先生结缘。记得第一次与钱先生打交道，他就这么表扬我：“还是李同志比上次来的那位说得清楚。”

不久，《译文》编辑部宴请编委与名人，钱先生也在列。饭后下楼梯时我对他说，喜欢他的《围城》。他似乎有些感到意外，因为此书早已不出版了。之后每次遇到钱先生，他都会和我聊上一阵儿，用佩芬的话来说，我也算是钱先生“调侃或交流思想的对象”。

后来我听说杨先生在译《吉尔・布拉斯》（世界著名的流浪汉小说，为法国作家阿兰－列内・勒萨日所作），便上钱家登门拜访，央求二位先生将译稿给《译文》先发一部分。我如愿以偿，《吉尔・布拉斯》于 1954 年 1 月起在《世界文学》分期发表。

据说杨先生译这本书还是因钱先生而起。那时钱先生每天拿着一本法文书给女儿钱瑗讲故事，而这本书正好就是《吉尔・布拉斯》。女儿听得津津有味，杨先生想这一定是一本有趣的书（她不知钱先生完全是随题创造，即兴发挥）。正好她刚译完《小癞子》，不想荒废了法文，于是就开始译《吉尔・布拉斯》。在《关于〈吉尔・布拉斯〉与〈堂吉诃德〉》一文中，杨先生云：“我求锺书为我校对一遍，他答应了。他拿了一支铅笔，使劲在我稿纸上打杠子。我急得求他轻点轻点，画破了纸我得重抄。他不理，他成了名副其实的‘校雠’，把我的稿子画得满纸杠子。”

《吉尔·布拉斯》后于1956年由人民文学出版社出版，之后多次再版。作为一名年轻编辑（用现在的话来说，就是“菜鸟”），能组到杨先生的译稿，至今我还有些小小的得意呢。

外柔内刚奇女子

《译文》后改名为《世界文学》，并于1964年划归中国科学院外文所（现中国社科院外文所）主办，我与佩芬也有幸和杨先生成了同事。

记得埃莉诺·罗斯福（罗斯福总统夫人）说过：“女人好像是一袋茶叶，只有在用沸水冲下去时才会看出她是何等的strong。”这里的“strong”既作“浓”讲，也可以译为“坚强”，一词二义，一下子倒想不出更好的译法。鲁迅曾经为女子“那干练坚决、百折不回的气概”屡次感叹，我想这正是杨绛先生的真实写照。

杨先生自己也提到过“文革”中被剃阴阳头的事。据我所知，这件事并不是外文所的造反派干的。剪杨先生头发的是街道的造反派。据说这些人平时就看不惯她的做派——穿一身旗袍，打一把阳伞（因院子里的槐树上有虫，常掉下来），完全是典型的资产阶级太太嘛。钱先生见夫人受辱，急得不知如何是好，杨先生却异常冷静，花了一整夜时间，用女儿以前剪下的大辫子做了一顶假发套。但杨先生是坚决维护钱先生的，谁要是说了钱先生什么不实之词，她一定会出面澄清，甚至与人争得面红耳赤，即便被打入“另类”也在所不惜。

看过《干校六记》的读者，都能感到杨先生用“怨而不怒”的笔调，记录了那段特殊年代的特殊生活。其实，这其中的酸楚谁能知晓！

我和佩芬与钱、杨同在一个干校，佩芬还有缘与杨先生成为舍友，“联床”而卧，就知道杨先生在干校的处境。就拿住宿来说，当时女学员是四人一屋，杨先生的栖身之处十分简陋。佩芬非常同情杨先生，有时候就主动帮她一下，比如提桶水什么的，有时还将父母从上海寄来的大白兔奶糖、巧克力等零食与杨先生分享。但杨先生自己往往舍不得吃，而是偷偷藏起来留给钱先生。佩芬有一次遇到钱先生，他竟快乐地朝她挤了挤眼，那种表情真是只可意会不可言传。

杨先生下干校时就已经快 60 岁了，被分在菜园班劳动。其实她和钱先生两人以前都只是教教书、写写文章，从没干过农村的体力活，但杨先生劳动热情非常之高，从不懈怠，且毫无怨言。后来，由于她岁数比较大，大家便照顾她，让其在窝棚里看菜园，杨先生除隔三岔五巡视之外，还搬来一个小马扎，在窝棚里看书学习。钱先生也常来这里看杨先生，顺便讨论彼此的阅读心得，有时还来上一句拉丁文，仿佛又回到了当年留学时的美好情境。

在干校那种艰苦的条件下，杨先生气质端庄，毫不气馁，体现出她内在的尊严。

“同伙暗中流通的书”

在《干校六记》末尾，杨先生谈到，在干校的后期，空气已经不那么紧张了，“箱子里带的工具书和笔记本可以拿出来阅读。……同伙暗中流通的书，都值得再读”。当时我将念大学时在上海旧书店里“淘”来的 *David Copperfield*（《大卫·科波菲尔》）袖珍本带到了干校，曾用报纸包了它，在朱虹和钱、杨二位之间传阅过。

这本英文书至今还珍藏在我家书柜里，过一阵子我就拿出来翻翻，因为上面留有钱、杨两位先生“力透纸背”的笔迹。如在书的十数处，都有用铅笔在正文侧边点的小圆圈——我相信这是钱先生点的。至于说明什么，那只有钱先生自己知道了。在 388 页下端出现了铅笔写的一个“好”字，看得出是钱先生的字。所夸奖的这一句，是书中反面人物尤利亚的话：“‘啊！我是多么高兴，你不曾忘记！’尤利亚叫道，‘想一下，你是在我卑贱的胸中燃起希望的火花的第一个，而你并不曾忘记！啊！——你肯再赏给我一杯咖啡吗？’”读过《大卫·科波菲尔》的朋友想必记得，这一章对“小人得志”“得了便宜还要卖乖”的尤利亚作出了极其出色的刻画。

在第 48 章 Domestic（持家）的左上角，钱先生写了一个“看”字，显然是建议杨先生欣赏其妙处。还有一处像是钱先生弄不清人物关系，杨先生用差些画破纸的重笔批道：是姨妈！那惊叹号打得真用力，我怀疑铅笔头会断，跃然纸上的是这样一种口气：嗔怪前面那位聪明一世糊涂一时居然能这点都不知道？联系到《干校六记》中说“默存向来不会认路”，这种“小事糊涂”倒是很符合钱先生的性格。

同甘共苦的干校生活自然增加了我们同钱、杨伉俪的熟稔程度，也让我后来有了某种“炫耀”的“资本”：想想现在是连友人赠送的著译都看不过来了，遥想当年在河南干校，连大学问家钱锺书、杨绛先生都要问小子我借书看呢！

钱氏幽默珠联璧合

从干校回京后，钱先生开始写《管锥编》。其间，我和佩芬，还有外文所的薛鸿时、董衡巽都帮他借过资料。其实有些书原来就是文学所的，只是后分给了外文所，钱先生借阅就不那么方便了，只好请我们代劳。在他要我帮忙代查资料的便条上，钱先生总会调侃两句（可惜那些小纸片没有保留下来），常让人忍俊不禁。佩芬说我"腿勤"，我的确非常乐意做这些事，因为这意味着我又有机会见到钱先生和杨先生。

80 年代初，钱先生有一次让我帮他查罗伯特·弗罗斯特（Robert Frost）的一句诗，我查后就把整首诗抄给了他。钱先生后来回信道："得信承代查书，感谢之至。Frost 诗的本文，我在选本中看见，劳你抄示，尤见办事周到。"接着便详尽解答了我向他请教的关于《喧哗与骚动》中那句拉丁语引文"Et ego in Arcadia"的问题，还列举出两个原始出处，说是两幅画的标题。他还在信中说："Faulkner（福克纳）的小说老实说是颇沉闷的，但是'Ennui has its prestige'（沉闷也有可敬佩之处），不去管它了。翻译恐怕吃力不讨好。你的勇气和耐心值得上帝保佑。"书出版后送书请钱、杨两位指正，钱先生又回复道："顷奉惠赐大译，感喜之至。承问道于盲，妄言妄语，何足挂齿，乃蒙序言中挂贱名，尤觉惭惶。"

有一阵子，中国学界正流行解构主义。钱先生有一次和我说，某某人谈的解构主义，犹如包茶叶的那一张纸。意思是仅仅沾染到了一些气味而已。这也属于他的谐谑。我们这些帮他做做杂事的"年轻人"也是哈哈一笑，听过算数。

90年代初，我请钱先生为拙著《妇女画廊》题写书名。钱先生写了一横一竖两种格式供我挑选，并在一侧空白处写道：“我因右拇指痉挛，这两年谢绝一切题签之类的，聊以藏拙。但你来信善于措辞，上可比‘游说’的苏张，下不输如‘说因缘’的鲁智深，就不得已献丑一次……”“赛苏张”之说和50年代那句“还是李同志比上次来的那位说得清楚”同属“钱氏幽默”。

但在1993年，我为《世界文学》创刊40周年向杨先生约稿，却被其婉拒。说那部稿子“已送给薛鸿时同志，让他译毕全书统一修改，以后就是他的东西，与我无干了”。钱先生在下方附言道：“电视上时睹风采，甚忻喜……鸿时告我，贵刊发一消息，报道拙书西班牙美国译刊情况，极感吹嘘。此书新近维吾尔文译本出版，韩国‘博物书馆’亦已在翻译，聊告故人，不必声张也。钱锺书附奉。”杨先生后又附笔：“维吾尔文译本我只识五个字（作者名及书名），颠来倒去，不知正反上下，甚为滑稽……这个译本最‘好白相’（上海话，‘很好玩’之意）。”有意思的是，杨先生还在信中写道：“我至今还念着你为我‘投’被单的功劳呢（也许你自己早已忘了）。”投被单也是上海话，就是洗被单。在干校时，有一次我见杨先生洗被单太吃力，就抢过来代为漂洗，没想到多年过去了她还记得这件事。

佩芬曾在文中感叹：“钱、杨二位，撇开名气地位不说，仅论年龄，也是我们的长辈，却能如此‘不分大小’胡乱打趣，现在读来，只能让人感到分外伤心。”我的心情同样如此。这些日子，我们不时拿出两位先生的墨宝和书信捧读和摩挲，两人相对无言。去年7月17日杨先生104岁生日那天，我和佩芬还去看过她，她当时特别高兴，看上去精神不错。

我们带去的礼物之一，是给她祝寿的书画，字由我们的儿媳小起书写，上书：乙未嘉月吉日松枝双馨　季康夫子百龄又四　后学李文俊张佩芬敬贺。中间是一个大大的“寿”字，上方是小起妹妹新阳画的寿桃。那是我们发自心底的美好祝愿，希望她福寿无疆。然而，人终究无法抗拒自然规律，杨先生还是走了。但我想，如今，72 卷的《钱锺书手稿集》终成完璧（欣慰的是，我和佩芬曾帮忙看过几次《钱锺书手稿集、外文笔记》的校样，也算尽了绵薄之力），杨先生将自己要做的事全都做完了，的确可以安然走向天国，去与默存、阿圆团聚了。这难道不是一个再令人惊羡不过的最好结局吗？

君匋师的“麻栗子”

常常看见报上出现钱君匋先生的名字，知道他身体很好，头脑清晰，艺术上已臻炉火纯青的境地，心里非常高兴。

说起来我也算是钱老师的学生——可惜，是不成器的学生。别的，如音乐、美术欣赏能力不敢说，在书法与治印上，整个（19）48 级我要说自己是压末第二，再无人敢出来争倒数第一，那个“金牌”只好空缺着无人领了。

抗战期间，钱老师在我就读的上海位育中学兼课教音乐与美术。在当时我们这群不懂事的学生眼中，这两堂课无非是啃英语数理化之余供消遣的“小菜”。平时受压抑的顽劣天性至此时便有了充分发泄的机会。我自然不例外。而且，在我看来，钱老师为我们唱歌伴奏时在钢琴上每一下都按得很重，与我在上海音专读键盘系的姐姐的弹法颇不一样——我躺在亭子间自己的床上，常在音乐声中入梦。我的姐姐越到深夜越来劲儿。她不是弹奏几段 Chopin（肖邦）的 *Nocturne*（《夜曲》）、Badarzewska(巴达捷夫斯卡）的 *The Maiden's Prayer*(《少女的祈祷》）和熟而变俗的 *Moonlight Sonata*（《月光奏鸣曲》），便是引吭高歌一段 Giordani（乔达尼）的 *Cara mio bene*（《卡罗我的好友》）。我姐姐名叫李蓉蓉，在上海基督教界有点小名气，现在已移民到美国去了，现是在教堂里给唱诗班弹伴奏。话扯远了，sorry（抱歉）。——这段插话有点学我所翻译的福克纳大师的风格，当然，是“东施效颦”。

还有，钱老师教唱与领唱的嗓音也未见得优美，比帕瓦罗蒂——当时只知道卡罗索和夏里亚平——差远了。因此，我必定是做出了不少有碍课堂秩序的小动作。这哪里逃得过钱老师的鹰眼！作为惩罚，他用手指关节在我额角头上叩击了若干下——上海人叫“凿麻栗子”——现在的中学生再也享受不到这种福分了，这也是时代的悲剧。钱老师肯定是手下留了情的，要是真功夫全拿出，我就活不到今天了。须知那是训练有素专攻金石的手，当然，我还是觉得很疼。

上美术课时，居然有几个同学对钱老师的美术水平表示怀疑——现在想来简直不可思议，莫非他们是刘海粟、徐悲鸿的哲嗣！钱老师气得脸色发青——变得和他身上那套极破旧的青灰色西装一个颜色，但是他又想不出办法来证明自己水平不低。这种事情本来是见仁见智，无法用数据证明的——我在一篇论诺贝尔文学奖的文章里谈到过这个问题。而对一帮不懂事的孩子，毕加索又能有什么办法呢？钱老师憋了好几分钟后，终于急中生智。他拿起一本他主持的万叶书店出版的音乐课本，对同学们说，这本书的封面是他设计的。同学们可以从左到右，也可以从上到下，将封面对折，拿到阳光底下去透视，看看上下两边的图案是否完全一致，不差分毫。这一招真灵，钱老师不愧深谙中等教育学的三昧，班上的顽童们一个个都给镇住了。不久后，便陆陆续续有同学拿了扇面与章石，请钱老师或写或刻——他们的父兄想来是知道钱老师的大名的。我的父亲当时失业——英商怡和洋行早给日本军队封掉了，他从高级职员变成一家药房职位朝不保夕的小伙计，心情哪能会舒畅。看着他镇日紧锁的眉头我当然不敢以这种雅事相扰。其实稍大后我也明白钱老师来中学兼课，一来是却不过李楚材校长的面子，二来也是为一家的稻粱谋。总之，乖巧的同学们得到的是钱老师的作品，愚鲁如我得到的却是过硬的“麻栗子”。

现在想想，倘能得到半点君匋师的真迹——哪怕是扇面的一小角也罢——我宁愿再挨几次更硬一些的“麻栗子”的。

此文若有幸为君匋师见到，还冀能博得他老人家的一粲。

附记：

君师见到拙文后，特地用汉简体写了一张条幅赠我，文为：“鸡声茅店月，人迹板桥霜。”笔迹冷峭于外炽热于中，使我这个不肖学生深深体味到老师对我的真挚情谊。

（1991年9月）

我所知道的萧乾

——A Parody[①]

病中百无聊赖，只能斜靠在紫竹院公园长凳上翻看旧报。在周围一对对恋人的热吻咂咂声中，无意间读到老上级邹荻帆写的一篇回忆另一老上级萧乾的文章，想起自己的文债也还未清呢。但我平日除写写一本正经的论文与油腔滑调的小品，交代事情始末缘由的回忆文章倒真的还没有写过——“文革”中的那种“外调材料”，记忆中也只被勒令写过一篇，短短的不到五百字，太不过瘾。由于缺乏锻炼，这篇处女作只能干巴巴地交代50年代初我所知道的萧乾（这是英语作文里惯用的题目：*The ××× I Know*），文采与风格是全然谈不上的。

1953年我调到在草厂胡同的《译文》编辑部（现已翻修为高耸入云的“国际饭店”）参加筹备出刊时，萧乾已经在那里了。对于他，我自然是慕名已久。印象中最深的是在上海报上读到他一手挽洋夫人纤腰，一手牵大洋犬在国权路上散步的逸闻——多半是油头滑脑的小报记者在咖啡馆里杜撰出来的。他的名作《人生采访》确实是促使我报考复旦新闻系的一个主要因素。入学口试时，面对陈望道系主任的“interview”（面

① 一篇模仿某种文体的戏谑性的文字。

试），我也是这样说的。不过，等到我自己能在复旦旁边那条煤渣铺就的国权路上散步（当然是独自一人）时，“昔人已乘黄鹤去”，“烟波江上使人愁”。等造化安排使我在编辑部（只有一个租来的房间，而且是朝北的，四合院的正房、东西厢房是人民文学出版社的鲁迅著作编辑室）里见到萧乾时，我的“兴奋高潮”早已过去，连久仰久仰之类的客套话也说不出一句了。萧乾听说我是复旦新闻系出身，倒是“一见如故”，拍了拍我的肩膀，含糊地（想必是学了伦敦的cockney①）说了句“好好干”之类的话。这三个字肯定不是原话，因为这不是萧乾惯用的语言。

小报上总说萧乾如何如何一身的“英国绅士风度”，可是除了他嘴上老叼着一管咝咝发响的板烟斗外，别的我实在觉察不出来。不过，他穿的那件水门汀色轧别丁风衣（当时整个北京穿的人可谓绝无仅有，且有商标为证），骑的那辆40年代老兰令（老让我联想起被伊丽莎白女王关进伦敦塔，用钻石戒指在玻璃窗上刻字的Sir Walter Raleigh）脚踏车（商标仅依稀可辨）倒确是大不列颠的正宗货。还有他文件柜（从来不锁）里想必由海轮带回来的《美国俚语金库》与贝纳特编的《读者小百科全书》，亦是我学外国文学的启蒙读物。我当时下了班无处可去，除周末去某某机关食堂“蓬嚓嚓”之外，晚上也总在办公室瞎混，免不了要经常偷看萧乾的藏书。

说到那辆叮当乱响的老兰令，免不了要提一下萧乾蹬着它带领我(我骑的是一辆国产新车，质量却远不及它的洋兄弟，所以我老落在后面，拼命追赶，由此也可知萧乾健壮如牛）去拜访冰心的事。冰心当时从日

① cockney，伦敦东区腔。

本归来不久，记得是住在闹市口（已拆光）附近的东堂子胡同（？）的一个小院子里。萧乾见了冰心，亲热地称她“大姐”。他是在北新书局当小伙计时，便曾蹬了车给初露头角的“闺秀作家”送过样书与稿费，并且“里通外国”，向她透露李小峰老板克扣了她多少版税。萧乾不叫冰心大姐时，便用人称代词“您”。冰心记不住我的贱名，只好也称呼我“您”。我刚从上海来，还来不及学会与记住用尊称，所以对冰心毫无礼貌，一口一个“你”，但心里却是明白又犯错误了，所以浑身冒汗，以致他们之间讲的什么老人老事，一句也听不明白——当时我对卷舌的北京土腔也不习惯。但是聊可自慰的是“失之东隅，收之桑榆”。不久后，冰心为中国青年出版社译的一部《印度童话》（书名记不真切了）转到我们编辑部。在冰心娟秀却又挺拔的笔迹上竟有不少该社编辑用触目惊心的红笔改动之处。萧乾看了之后，感叹地说：“他们真敢改！”我咂摸这五个字里包含着两层意思。一是认为当时那些小后生未免太不把老作家放在眼里了。二是觉得自愧弗如，毕竟年纪大了，革命精神不如可畏的后生（萧乾当时也是处在自觉改造思想的阶段之中）。但是我只消化领会了萧乾的第一层意思，所以我也从什么名家的文章都敢改的初生之犊，逐渐蜕变成唯恐改错别人一个标点的胆小的鼠子。

萧乾还曾经蹬车带我去拜访入了中国籍的美国人西特尼·沙博理（昵称 Sid），他当时住在演乐胡同。他虽已归化，到底改不了洋人习气，没有纯毛地毯，也要在砖地上铺一片草编的地席。西特尼一开口寒暄，我便知道不妙，因为他的北京话比我说得漂亮多了。一口京片子，连什么地方该用“儿”也分毫不差。我想遮丑藏拙，便用我的 pidgin English（洋泾浜英语）与他交谈。在谈到美国作家艾伯特·马尔兹时，我说见到最近的外国报刊上有对他作品的“criticism”（批评）。萧乾一听，怕引起不良国际影响，赶紧解释说李先生的意思是“review”，亦即书评的意思。华籍美人沙博理不愧是大纽约市律师出身，他不动声色地（像英国绅士餐桌上打翻了酱汁时一样）给我打圆场，以母语使用者的权威身份说，在英语中，criticism 也有评论的意思，甚至包括好评。我英语程度虽低，但如鱼饮水，话的冷暖还是能够辨知的，因此又是一身大汗。以后便脑中混沌一片，再也听不清他们之间又是英国腔又是花旗味儿的对话了。只记得萧乾嘴里的“马尔兹”在西特尼那里是“磨尔兹”，“法斯特”的“法”，西特尼的读法和上海的“江北人”的发音一模一样，颇得扬州剃头师傅的真传。

以上便是萧乾手把手教我的“人生采访”的实录。

我当时很傻——现在也没有长进，上海人的说法是“加大年纪才活勒狗身浪”了。守着多少位学者——萧乾之后又有卞之琳、钱锺书诸公，却不知道可以虚心求教。有一次，我译了当时颇走红后来成了异端的霍华德·法斯特[①]的短篇小说 *Dumb Swede*（《傻瑞典佬》），向《译文》“自我投稿”。萧乾校阅后，用他那一手流利潦草的浓铅笔字稍稍改动了几处，还给我时说：“你还是译得很活的。”愚鲁如我，也听得出这是鼓励而不是表扬。以我当时及至今天的水平，我只能把活的译死，哪能把死的（何况原作本来就质量平平）译活呢？又有一次，当时萧乾似乎又兼了《人民日报》副刊的编委，他向我“组稿”。我拼拼凑凑，写了一篇介

① 霍华德·法斯特（Howasd Fast，1914—2003），美国作家。《斯巴达克斯》（*Spartacus*，1952）是其代表作之一。

绍美国画家洛克威尔·肯特的短文。文章没有什么改动居然在党报上登出来了。萧乾用他那弥勒佛般的笑容，笑眯眯地对我说，文章写得挺漂亮，他“很佩服”。我自然明白那是在安慰我，因为文章中既没有多少真材实料，又无一点真知灼见。我当时有的只是丰富的想象力与浮夸华丽的辞藻。以上所述的便是萧乾对我翻译与写作上的帮助。

说到美术不免要联系到音乐。这方面也有些情况可以交代。有一次作家协会——《译文》当时是作协的一个下属部门，为了欢迎新分配来的大学生，在院子里席棚底下开了一次联欢会。我可能喝了半杯啤酒，竟斗胆起哄，拉萧乾表演节目——对别的首长，杀了头我也不敢这么干。萧乾爽快地站起身来，吼叫了几句。唱的是什么国家的歌，歌词是中文还是外文，老实说我和别的听众全都听不出来。嗓音嘛，这里还是以沿用“为尊者讳”的国训为宜。不过萧乾是一位水平颇高的音乐欣赏者，这是不容置疑的。他在这方面自己写过一篇兴味盎然的文章。那篇文章里谈到他喜欢唱 *Home Sweet Home*（《我甜蜜的家乡》）之类的小曲，也爱听亨德尔的清唱剧《弥赛亚》。前者我不清楚不敢瞎说，对后者我完全可以出庭对质。因为当时萧乾住在顶银胡同（后来我读《今古奇观》，才知道苏三的情人王金龙上京赶考时，也在这条巷子里落过脚，原来也是名胜古迹），他住南院的“西厢”（东晒，两小间），我和妻子住东厢（西晒，一小间），当中隔着住正房的陈白尘种的睡莲与“死不了”。从西厢的窗缝里常能轻轻传出那部清唱剧的 holy（神圣）味十足的声音。我也算出自音乐世家，一家有七个人吃音乐饭。所以我当时咬咬牙，用五个月工资买了一架捷克电转。但我拥有的只是奥依斯特拉赫拉的老柴小提琴协奏曲之类的苏联唱片。对于西方宗教音乐的羡慕心情，一如想吃禁果的夏娃。

萧乾所住的西厢外间里住着一老一少。老的是一位按北京话的说法是“土得掉渣”的蒙古族老太太，那是萧乾的“老姐姐”——萧乾对她有很深的感情，在多篇文章里提到过。少的则是一个不满十岁的混血男孩，小名够土的，叫“铁柱”。至于轻声播放《弥赛亚》的那架电唱机（想必也是从英国带回来的，不过我没有问过），则放在西厢的小北间里，那是萧乾的卧室兼书房。好在他当时独身一人，不需要太大的地方。

在《译文》工作的那几年，萧乾公私两面都很不顺心——这怕是他交厄运的起始。我当时年纪轻，又傻又愣。方才已经说了，在北京满像从大城市到农村五谷不分的臭老九，也像一个得入境问俗的老外——正应了马克·吐温的那个书名：*The Innocents Abroad*（《傻子国外旅行记》）。我不会打听旁人的隐私，只是在会上听到“第三条路线”“Cat Hsiao”（猫萧）“托妻寄子”“性虐狂”之类的揭发与控诉，而且都出诸道德文章为我素来钦佩与权威身份不容置疑的人士之口，说的话不由人不信。但是凭我远不如波洛的推理本领与共同人性天生拥有的常识，我的感情天平是稍稍朝萧乾一方偏斜的。但是当时通行的格言是“不该说的不传播，不该知的不打听”，我采取了金人三缄其口的办法。后来证明这样的自我保护措施还是对的。由于不知不问，我至今对“萧案”的是非黑白与曲折过程，仍然懵然无知。我但愿中国也能出现不同的几种故宫金砖般厚重的萧乾传，一如英美的《乔伊斯传》《亨利·詹姆士传》《萧伯纳传》——它们一部厚于一部——好让我潜心比较研究，参照自己的第一手材料，写出一篇漂漂亮亮的考证文章，以飨《读书》杂志的读者。

在当时，萧乾和我的“公分母”是翻译与编辑，在这方面我理应再说上几句。记得萧乾当时选译了捷克小说《好兵帅克》的片段给《译文》发表。别以为我会在这里吹捧译文之精妙，那是不符合要求的。我想说的是在发表《好兵帅克》的同时，刊物上登了捷克名画家约·拉达所作的一幅哈谢克速写像。胖乎乎的，手握一管板烟斗，在潜心写作。一位据说“《大公报》时期”就认识萧乾多年，和他的关系比我不知深多少的女编辑——嘴里不说，但大家肚子里对她的一致看法是“刀子嘴东洋美人脸”——见到画像后，笑眯眯地——她想要做的时候笑得真叫甜——对我说：“真像萧乾！”我对这句话极表赞同，认为是她所讲过的千言万语中最最接近真理的一句。为了证明吾言之不谬，我建议丁聪根据萧乾年轻时的照片，画一幅姿势相仿的画像，与拉达的画同时刊出，让读者自己评判。

我翻译所用的语言，有人觉得太杂，其中既有粤语，也有上海闲话和北京土腔。不妨交个底，这是跟萧乾学的。我有一次——这可是罕有的例外——在翻译语言上向萧乾请教。他先夸奖了张谷若老先生一番，说张老译哈代时用了山东话“俺”，极其传神。接着又说：“我只要感到合适，该用什么语言就用什么语言，对所有方言全都来者不拒。方言里有些独特表现方式，妙不可言，光用普通话与北京话有时会使自己的文章缺少光彩。”我当时听了便心悦诚服。萧乾的这个翻译理论对我翻译与写作风格——如果真有这么回事的话——的形成可以说影响至巨。

我与萧乾关系不算深，绝非他的好部属、忘年交与得意门生，绝对谈不上是他的“小集团”中的 × 大金刚，至少没有这样的自我感觉。不过我和他一样喜欢过里柯克、哈谢克之流的幽默作家——但现在我又嫌他们过于浮浅，更欣赏斯威夫特硫酸味很冲的文笔了。尽管我们之间没有什么带有颜色的关系，但毕竟认识多年——快四十年了吧。要深挖细找，可以写写的材料应该说还多少会有一些。不过我最近查出有糖尿病，更加上心律不齐与频发性早搏，医嘱不能过于劳累多用脑筋。能不能今天先写到这里，仅限于《译文》草创时期我所了解的萧乾，别方面的问题，请容许我身体稍好时再边想边写。

（1991 年 9 月）

同伙记趣

但丁说过一句话：“没有比在苦难中回忆幸福更为痛苦的了。”这句话总让我联想起一个“实例”：李斯在被处决前与儿子抱头痛哭，说：“吾欲与若复牵黄犬，俱出上蔡东门逐狡兔，岂可得乎！”但是能否设想一下，若是颠倒过来，情况又是如何？

与李斯比，我自觉已是非常非常的幸福了。所以，遇到有人在我面前慷慨陈词，痛斥“脑体倒挂”“出现了百万元户”时，我大抵是心如古井，波澜不起。要发财，趁早改行去呀！想想当年是什么滋味，人得学会知足才是。如今坐拥书城，只要不拉闸停电，身体吃得消，尽可读到东方既白。偶尔还能领到几文稿费，买点酒菜。几杯下肚，有一搭没一搭（时醒时睡之故也）地看看人家电视剧编得有多可笑。人生至此，更欲何求？虽南面王不易也。

现在是连友人赠送的著译都看不过来了。遥想当年在河南干校（离上蔡不远），连大学问家钱锺书、杨绛先生都要向小子我借书看呢。

那是一本极普通的书，袖珍本的 *David Copperfield*，是我念大学时在上海旧书店里“淘”来的。书前有签名与注明的日期为证：1950 年 12 月 31 日。因为本子小，下干校时往木板箱里一塞，“夹带”了下去。

最近重读《干校六记》，在最末尾处，杨绛先生写道：在干校的后期，空气不那么紧张了，“箱子里带的工具书和笔记本可以拿出来阅读。……同伙暗中流通的书，都值得再读（该书65页）”。这使我想起，我的那本《大卫·科波菲尔》原本，当时曾用旧报纸包了，在朱虹和钱、杨二位之间传阅过——当然，读时手边还得备好一本小册子或是《红旗》，以便遇到“有情况”时拉过来做掩护。

今天，我特从书堆里把那本带去干校又带回来的袖珍本找出来，一页一页地翻了一遍。我记得上面有钱先生留下的笔迹。果然，我没有记错。

我发现在十数处，都有用蓝圆珠笔在正文侧边点的小圆圈——我相信这是钱先生点的。至于说明什么，那只有钱先生自己知道了。有几个地方则用铅笔打了“×”。如在第二十五章《吉神和凶神》里艾妮斯说的那段话的旁边（原书372页）：“假如我能使他恢复起来该多好呵，因为我已经不知不觉地成为他衰老的原因了！”翻过去一页，在这样一句话旁边又出现了一个“？”：“还有别的客人——我觉得都像酒一般临时冰过了。”在377页的“and he point-blank refused to do it”（于是他便极坚决地拒绝了这么做）的“point-blank”下，用铅笔画了一道，并在旁边打了个“×”，像是认为狄更斯此词用得不甚妥当。（此处中译借用董秋斯先生译文，下同。）

在388页下端，出现了铅笔写的一个“好”字，看得出是钱先生的字。所夸奖的这一句，是书中反面人物尤利亚的话：“‘嗽，我是多么高兴，你不曾忘记！’尤利亚叫道，‘想一下，你是在我卑贱的胸中燃起希望的火花的第一个，而你并不曾忘记！嗽！——你肯再赏给我一杯咖啡吗？’”读过《大卫·科波菲尔》的朋友想必记得，这一章对“小人得志”“讨了便宜还要卖乖”的尤利亚作了极其出色的刻画。

在四十八章《家务》的左上角，钱先生写了一个“看”字，显然是建议在他之后会读此书的杨先生着重欣赏。四十九章《我堕入迷雾》左侧也有一个“看”字。五十章《辟果提先生的梦想成为事实》不但左侧有“看”，右侧还多了一个“√”。五十二章《我参加了一场火山爆发》也受到同样的优遇。五十三章《又一度四顾》左侧一连有三个用红铅笔打的“√”。五十四章《密考伯先生的事务》边上又是一个“看”与一个“√”。五十六章《新伤与旧伤》左面有“看”“√”，右面则是三个字：“见黑本。”起初我琢磨了好半天也不明白这是什么意思，后来联系到《干校六记》中的那句话——“箱子里带的工具书和笔记本可以拿出来阅读”，才敢推断这“黑本”准是钱先生内容丰富的黑色封面笔记本（《管锥编》中许多内容想必也出自此）中的一册。

原书第五十七章《移居海外的人们》左侧还是一个“看”与“√”。看来，这几章是狄更斯全书写得最好的部分之一。此外，还有一些“？”与“×”散见全书各处。我要把评批文字最多的一处留在最后说。那是在原书的第586页上（第四十章《流浪者》里）。在“When she was a child……”（当她还是一个孩子……）那一段的侧边，一种铅笔字迹写道：“she 指何人当查清。”紧底下则是另一种铅笔字迹：“即甥女！”那惊叹号打得真用力，我怀疑铅笔头会断，跃然纸上的是这样一种口气：嗔怪前面那位聪明一世糊涂一时，居然连这点都不知道？！据我平素对钱、杨两位笔迹的了解，前一种该是钱先生的，后一种则无疑是杨先生的。联系到《干校六记》中说“默存向来不会认路”，这种“小事糊涂”倒是很符合钱先生的性格的。

随着对我年轻时购买的小书的一页页的翻动，夜逐渐深了。干校的种种琐事也一一泛上心头。又是二十年过去了，小书上因缘时会得到的两位先生的铅笔批注怕也有难以辨认的一天。我花些力气，把它们变为可以稍久保存的铅字，恐怕还是有点必要的吧。

（1992年2月）

苏童勿曾忘记

天热，无法做事。即使是译一本文字较为浅显的少儿小说，也是每天仅得数百字。倘若当初年轻时真的走上了当职业翻译家这条路，那么以现在的稿费收入，是连交医药费都成问题的。好在当初没有那样做，所以现在还能优哉游哉，收藏些英文小说，以及自以为是珍品的紫砂器。资金的来源，说来连犹太人都不会相信，首先是得自那位苦命人卡夫卡。二十世纪六十年代，我译了他的几篇作品。像《变形记》《在流放地》这几篇，经常被收入各种选本。其中有主动付稿费的，也有去信后才给的，至于装糊涂不理不睬的或者用了我根本就不知道的，那就永远弄不清了。偏偏是我译得最苦的《押沙龙，押沙龙！》，不多几个稿费只拿过一回。它确实曾与其他我译的三本福克纳作品重印过一次，但四本书的“印数稿酬”加在一起拢共才三千多元。

倒是二十世纪七十年代末我译的一篇美国女作家卡森·麦卡勒斯的中篇小说《伤心咖啡馆之歌》，常能带给我温暖的情愫。倒不是说它给过我多少经济上的资助，而是我不断得知有人真正喜欢它。回想我第一次读到这篇小说还是在“文革”之前。在文学研究所图书室，我在这本书封三粘的插“借书单”的牛皮纸口袋里，见到单子上唯一的一个借阅者的签名：钱锺书。后来我在管图书出纳的谢蔚英女士（吴兴华夫人）桌子前遇到钱先生时，曾向他提到过这本书。他点点头表示他是看过的，但是接下去说，另一位美国女作家写的一本小说还要好看，那就是玛丽·麦卡锡（Mary McCarthy）的 *The Groves of Academe*（《校园》）。他说，那是本讽刺小说，写大学校园生活，比后几年金斯利·艾米斯（Kingsley Amis）写的 *Lucky Jim*（《幸运儿吉姆》），水平要高得多了。现在想起来，我真有点后悔没有能在精力较充沛的时候将此书译出来奉献给中国读者，这既可以表示我对钱先生的思念，同时也可以让大家体验一下钱先生的艺术鉴赏眼光。

还是拉回到《伤心咖啡馆之歌》上面来。我最近看到提起这篇作品，是在苏童编的《影响了我的二十篇小说》的前言里。苏童将这篇小说收进了那本书，并且在前言里深情地说，他上高中时用有限的零用钱买了一本《当代美国短篇小说集》："读到了（某某人译的）这篇《伤心咖啡馆之歌》，我至今说不清楚我对这篇小说的偏爱是出于艺术评判，还是其他似是而非的标准，偏爱也许是不讲道理的，可以怀疑的一点是：我对那类仿哥特式小说有本能的兴趣，这是一个曾经钟情于侦探推理小说的青年人觉醒之后的合理延续。……渐渐地你发现所有的主题都被巧妙地偷换过了，……没有谋杀，但有比谋杀更加残酷的羞辱与背叛，没有血腥味，但有比死人更伤心的结局，我想这也是英年早逝的卡森·麦卡勒斯小姐给这部小说取名的由来。"足见苏童确实不曾（苏州人该说"勿曾"了）忘记他当高中生时的那次阅读经验。

我自己曾在一篇文章里解读过麦卡勒斯这篇小说的创作动机。我是这样写的："爱是古怪的，无法理喻的，是一种单方面的，不可能有呼应的感情。被爱者对爱者毫不领情。爱情很容易把人带入危境。人们想冲破孤独，爱情是人与人交流的最高形式。但是饮用这剂烈药的失败效应却更加凶猛。在一团爱与恨的乱麻斩开后，人只能更深地缩回到各自孤独的蜗牛壳里去。”

我接着还说，但是尽管如此，麦卡勒斯还是认为：人间是有真爱的，哪怕它是以畸变的形态表现出来的真爱。是爱，才使得这一惊心动魄的故事得以产生出来。这是我当年翻译这篇作品时心中的理解，也是几十年后的今天对它的感性印象。

顺便提一句，百花文艺出版社出版的这套书中，除了苏童编的这本“外国小说读本”之外，还包含有格非编的“中国小说读本”和贾平凹编的“外国散文读本”。我翻了一下，觉得内容都很不错。出版、策划者在美术装帧等方面也下了不少功夫，售价35元确实是不算贵。暑期中让爱好文学的青年读读，比上网玩游戏、蹦迪什么的都有意思得多。对于我个人来说，更重要的一点是，没等我想起去乞讨，工作室的编辑就主动与我联系，并且登门送上稿费与样书。我简直都有点受宠若惊了。要说这几本书有什么一眼能看出的明显毛病，那就是封面上的英文用得令人费解。相对应于中文的“苏童选编”，它那里用的英文是“*A List by Su Tong*”。不过这是一本书，不仅仅是一张单子。其实用“*Selected by...*”不就可以了？仅仅是“*Great Literature*”，也未能表达出“一生的文学珍藏”的意思。其实是不妨叫“*A Lifetime of Great Literature*”的。

拉都路、张爱玲与我

我是上海出生的，最初住在虹口北四川路横浜桥附近，“一二·八事变”逃难，搬到法租界。近读陈白尘的《牛棚日记》，知道他“1935 年出狱以后，曾与难友徐迈进、卢正义及山东青年张春桥同住于上海西爱（书中误植为“复”）咸斯路与拉都路口的一家木器店二楼上”。说来也巧，我当时就住在拉都路（现名襄阳南路），离西爱咸斯路即永嘉路很近。我清楚地记得路口东北角是一家南货店，再过去几家门面的确有一木器店，卖的是水桶、脚盆之类的粗木器。再过去有家江北人开的炒货店，我常在那里买花生米吃。店前有一小块空地，有一回卖梨糕糖的在那里说书，我听得入迷忘了回家吃晚饭。结果被大哥“拎转去”，挨了顿骂。当时想必也曾路遇那位叫“狄克”①的山东青年。现在重提这一层关系当无趋炎附势之嫌。

稍后，在我念初中时，回家路上（因早上不出摊）常在书报摊上见到《传奇》与《结婚十年》的封面。如是初版本，应该是 1945 年的事。当时我的读音专的姐姐这一拨人看这些书比较热心。再往后，抗战

① 当时报上常登美国连环画，有一栏是《大侦探狄克》，狄克是个方下巴戴礼帽的侦探，张春桥的“狄克”笔名可能由此而来。

胜利带来好莱坞电影，就该迷《乱世佳人》和费雯·丽了。顺便提一件事。在《女作家聚谈会》一文中（原是新中国报社 1944 年 3 月 16 日举行的一次座谈会记录，现收入安徽文艺出版社《张爱玲与苏青》一书），张爱玲说:“外国女作家中我比较欢喜 Stella Benson。”我查了一下《牛津美国文学词典》，里面只收 Sally Benson 这个词条，还提到她原名 Sara。我怀疑是张爱玲记错了名字。在那样一个座谈会上，几个女人七嘴八舌随便扯，又经别人记录，出错是很可能的，何况都是“s”字打头，“勒”“拉”与“a”收尾。这个莎丽·般生 1936 年出了本很走红的短篇集叫 *People Are Fascinating*(《人们真有魅力》),（19）38 年,（19）41 年,（19）42 年,（19）43 年都有作品问世，书名或叫《爱米丽》，或叫《小小姐》，内容我猜不外是写少女与爱情的。从时间上说，张爱玲有机会读到。从内容看，一个圣玛利亚女中与香港大学的女生一时喜欢上是毫不足怪的。有心人不妨找原书来看看，说不定能做出一篇硕士论文来呢。

（1996 年 2 月）

三学俄语

解放初期青年人学俄语成风，我亦不能免俗。

回想起来，我学俄语也曾“三起三落”。

第一次是在上海解放后不久，当时大学尚未复课。反正闲着也是闲着，便看广告进了一个俄语“速成补习班”。地址记得是在陕西南路一带的一幢花园洋房里。院子大门旁钉着一个“苏侨协会”的牌子。教师只有一位，显然是我们从小就见得很多的“罗宋人”，亦即白俄。看来他不像是个有经验的语言教师，甚至不像知识分子。他指着教科书，大声嚷道：“布马嘎！”也让我们齐声跟着喊。一堂课下来，舌敝唇焦，却嚷不了几个词儿，因此那“速成”的效果是很可怀疑的。老师偶尔也请他的夫人来纠正我们的发音。师娘上课时倚坐在一把椅子里，稍稍倾侧着头，娇滴滴地吐出一个又一个俄语单词，真有点旧时贵族小姐的风韵——也不知是不是“婢学夫人”。她的发音与老师的颇不一样，让我们无所适从。现在想来，可能老师是外省人，而师娘操的则是带法语味的“京腔”。为了探索学外语的第二渠道，也为了老师那60分钟更好打发些——老师还让师娘教我们唱俄语歌曲。教的不是有怀旧情绪的哀歌，而是节奏明快强烈的《空军驾驶员之歌》。我们十来个中国青年在一架漏风的风琴伴奏下，随着半老的师娘娇滴滴的嗓音唱起了三十年代的苏联革命歌曲，真有点掉进了“时间机器”的感觉。

上了几次课，不知是因为“二六”轰炸还是大学要复课，就再也没有去补习班了。后来走过那里，“苏侨协会”的牌子业已不见。听说侨民一部分回了苏联。大部分又去了澳大利亚。他们也成了“漂泊的犹太人”，离故园越来越远了。不知道老师、师娘后来日子过得怎样。中年之后还得开辟新天地，怕也不那么容易吧。

这次学俄语，班上倒有一个熟人，那就是大学里同届不同系的“蔡老夫子”。我记得轰炸声中我与他一起走在去学校的路上，他还穿一袭藏青麦尔登尼大褂——上海人叫“长衫”。他发那个需要卷舌（而且需在喉头深处）的“P”时总是憋红了脸，却还是达不到要求。得麻烦老师走到他身旁一遍遍给他“喂小灶”。现在老夫子是人民大学中文系教授，听说早已是音韵学方面的权威了。

复课后大学里果然有不少新气象，其中之一是设置了俄语课，连第一次国共合作时的老留苏学生也被请来任教——几年后又整他们的“历史问题”。选课的同学自然不少，我却没有赶这股浪潮，还是继续学我的英语。那时候学、教英语都是比较寂寞的。我上的一个“大二英语”班只有五六个同学。有一个蹲班生（不是留整整一级而是上学年英语没有通过考试需重念）从来不上课，只是考试时露一下面，老师也拿他没有办法。相比之下，俄语多么走俏。俄语老师身边总有四五个同学簇拥着。同学们在校园里相遇，远远便喧闹地、毫无顾忌地用俄语打招呼，还起了“娜塔莎”“娜斯佳”之类的外国名字。遇到开联欢会，合唱《红莓花儿开》与跳戈帕克舞都是最受欢迎的节目。我那个班上一位男同学与一位女同学是跳这种舞的明星。一位脚蹬高筒皮靴，蹲着伸腿又收腿（这是绝活），与此同时一只手按在斜戴羊皮帽的后脑勺上，多么慓悍！而另一位则穿着花“布拉吉”，包着花头巾，不断打旋，显示自己灵活的胳膊与腰肢。全校上下有谁不认识他们呢！他们都是学俄语的。

等我第二次想起学俄语已经是到北京参加工作后的事了。当时俄语书刊既多又便宜，我看着好眼馋。而且我认为我的英语已能对付着用，不妨慢慢巩固提高。于是又通过电线杆上贴的广告去找家庭教师——学生上门去学的那种。我按地址曲里拐弯来到闹市口（现已不存）的一个大杂院，在一间低矮的耳房里见到一位老者。通过言谈我揣测他该是在中东铁路之类机构里当过差，对俄罗斯文化不见得有比伏特加之类更深一层的了解。最使我不安心学习的是座位旁窗台上漱口缸里的那根金属刮舌条，它总使我产生心理上不愉快的联想。去过几次后，我找了个理由推托不去了。我第二次学俄语的努力也就到此告一结束。

第三次学俄语和前两次不同，是单位推荐去的，进的是北京市中苏友协办的俄语夜校。这回是正规的了，校长、班主任、课代表、开学典礼……一应俱全。借灯市口一所中学上课，每周三个夜晚。我曾多次为上课与团组织活动冲突请假受批评而感到烦恼。我在夜校足足学满两年，最后通过考试，拿到毕业文凭。

我们的班主任是个女同志，姓赵，脸上老有两片红潮，不知是因为羞怯还是身体不好。她主要做教务工作，不是俄语教师。她曾很抱歉地说自己也在学俄语，因为杂事多，程度快赶不上我们同学了。她是一位热心的组织者，当时这样的人很多，现在不知怎么的很少见到了。

教我们的老师姓李，是某中学的俄语教师。他戴副眼镜，是很和蔼的一个中年人，鼻尖有点发红。同学们听说他爱啜两口酒，一次过年凑了几块钱买了两瓶二锅头送到他家中，他很高兴。他的语法、句法讲得特别清楚，这使我受益匪浅。我学英语对语法可说是囫囵吞枣，学了俄语才回过头来弄清了英语语法上的许多问题。俄语的变格、变位使我着迷，我惊诧于不同民族在语言上能有如此不同的思维方式。这对我警惕自己的“狭隘民族主义”大有好处。

再谈谈班上的同学。我的妻子（当时还未结婚）和我每次一起去上课，班长是冀东老区来的一个女同志，总管她叫“小鬼”。我和“小鬼”经常闹点小矛盾，因此有时会出现在马路的两边，平行地分别走去夜校的情景。从作家协会去的一个同学是《文艺报》的一位校对，是个“留用人员”。他上课时课桌上常放一瓶药水，想是刚从医院出来还来不及回家吃晚饭。听说此公新中国成立前为小报写武侠小说连载，笔名叫杨六郎。我觉得他能创造出我小时候为之神魂颠倒的艺术世界，对他很有几分敬意。可是几经试探，他总不肯提他的“当年勇”。他来学俄语显然不是出于自愿，没到毕业就不见他来了。班上学得最好的是来自人民日报社一位姓袁的同学，后来见报上有他写的国际问题的文章，想来他学的俄语已派上用场。学习行将结束时，班主任布置每位同学分担译一本书中的几页，说是请人校订后将来出版。后来也跟人间许多事情一样，没有了下文。

我学的俄语绝大部分都交还给老师了——我后来还自学过两种外语，也都忘了。但是这却给了我一个机会，使我得以拉开一扇沉重的橡木门，多少窥见一种文化的堂奥。有如一个戏迷，真的从前台来到了后台，像梦中希望那样，面对面见到了他所崇拜的明星，在幕布后面，在化装室里，甚至还见到了她的雀斑，闻到了她的香水味甚至汗味。这和从台下仰观是绝对不一样的。我曾在词典的帮助下，从原文阅读屠格涅夫的《木木》和契诃夫的《带阁楼的房子》(最后一句是勾魂摄魄的“米修司，你在哪里？”)，也试着将莱蒙托夫的《帆》译了一遍，尽管已有名家的译文。1958 年下放到怀来。我和因胡案罹祸的冯大海，曾对着空旷、寒冽的乡野，大唱“冰雪遮盖着伏尔加河”与“假如我雅可夫是一条狗”。我们嗓音未见得佳，但我们唱得多么“投入”，尽管我到今天仍然不明白雅可夫干吗想做一条狗。冯兄也许明白，但他经不住一次次折腾，已在“文革”中“自绝于人民”了。至今，听到《苏丽珂》那个奇峭的起句——“为了寻找爱人的坟墓”，不，只要听到无与伦比的俄罗斯男低音和尖厉得有些刺耳的农妇假嗓齐唱，我的心便会抽紧。啊，那样甜蜜而又痛苦的青春岁月，是再也不会回来的了。

我这一辈子

承漓江出版社厚爱，愿意出版一部本人的译文集，对此我一方面深表感激，但同时又不免愧疚有加，因为在中国，比我优秀、高明与勤奋的译家大有人在。不过对我自己来说，能有机会将自己六十年来的翻译历程作番整理，找出些经验教训，也是一件好事，因此就恭敬不如从命了。这样的一本书，前面似乎总应该有一篇介绍性的文章，那就且让我顺着记忆小溪的流淌，简单说上几句吧。

本人祖籍广东中山，出生地则是上海。偶然在地摊上买到一本 1996 年出版的《中山文艺家名典》，里面的条目里收有与我同在外国文学所工作过的老乡郑克鲁先生，却没有我。想必是他后来上别处去高就，成绩斐然，影响巨大，收入他是理所应该的。我做助理编辑（比助教还要低一等）一直做到改革开放，仅仅是译过、写过几本书，乡里没注意到我是理所当然的。近年新发的二代户口本上标明我出生地是上海。我的确是在上海出生长大，念完大学后才北上的。但多年来从未在新闻界工作。也许正因如此，不论是上海的外国文学界与母校的新闻系（现在是“学院”了）都未将我视为嫡系子弟兵，不免使我感到有点像个“没有影子的人”。以上闲话，不过是正文前的信口胡诌，看官看过，一笑便可。

至于我的生辰，家母曾在一封信中明确告诉我，“汝于庚午（1930）年十月十九日子时（十一时三刻）出生”。后来我将此事写入一本小书，出版后寄了一册给杨绛先生。不料她老人家还真的抽空翻看了，并特地电召我与妻子前去她家，一本正经地向我们指出：既已是子时，那便不能视作十九日了，而应算是下一天亦即二十日出生，也就是说，生日是与钱锺书先生在同一天，只不过是比他晚了二十年。我得知后当然感到很荣耀，但是心知单凭生日同天这一点，是绝无可能在资质或成就方面，沾到前辈大学者的一丝光彩的。

我的父亲是上海英商洋行的一个职员。抗战时期租界沦陷后，失业在家，一时无事可做，便找了本商务印书馆出版的《青鸟》（比利时梅特林克所作儿童剧）英译注释本，在暑期给我补习英语。也许正是因为这个机遇，使我从此对外语和外国文学感兴趣，以至于日后走上了文学翻译之路。抗战胜利后，凶神恶煞般的日本兵（上海弄堂小孩均蔑称之为“小萝卜头”）不见了，街头出现了吉普车上举着酒瓶呼哨吆喝的美国水兵，电影院里也开始上映好莱坞电影。这应该是我对美国文化的最初接触了。记得我当时最崇拜的不是什么美艳女明星，而是一位叫亨弗利·鲍嘉的硬派男星，他总是嘴角叼了根烟说话从不张口，让我心仪不止。而《乱世佳人》里克拉克·盖博从沙发背后爬起身的那个反讽镜头，也给我留下深刻印象。想不到四十年后自己翻译福克纳的著作时，还能从记忆深处挖掘到一些该片所反映的美国南北战争的情景。当时路边地摊上有的是过期的美国杂志，价钱便宜，我哥哥买了不少。我有空也时常翻看。同班同学中，有一两个英文成绩较好的，会从美国旧刊物中选译些短文，投寄给报纸杂志，常被采用。我看了学样，也编译了一些电影资料投寄给某家晚报，居然也登出来了，给我赚到几个够吃花生米的小钱。这些豆腐干般的“报屁股”文章也算是我最早发表的译作了。不久，上海解放，涌现出一批私营出版社，纷纷译介苏联、东欧以及其他国家的进步文学。我与同学蔡慧、陈松雪合译了美国作家霍华德·法斯特的两部历史小说《最后的边疆》与《没有被征服的人》，投出后竟也分别蒙新文艺出版社与平明出版社接受出版。第一本出版于 1952 年，当时我仍是复旦新闻系的一个学生。另一本则于 1953 年出版，当时我已进了《译文》编辑部。

说不定与这样的“课余作业”有关，我大学毕业并从中宣部办的一个学习班结业后，同学们纷纷分配到宣传新闻单位，我却进了中国作家协会的《人民文学》编辑部。不久决定要创办《译文》杂志，我又被调到同属作协的该编辑部工作。《译文》创刊号是 1953 年 7 月出版的，我则是 4 月间到的编辑部，现在随着真正筹办刊物的老先生们陆续离世，我竟成为存世的唯一“元老”了。

我在该刊（后改称《世界文学》）做足四十年，直到 1993 年以主编身份办完“创刊四十周年纪念会”后，才得以退休。最初的二十多年，我们“年轻人”素以处理杂务与下放劳动、参加各种名目的运动为主，个人业余从事翻译是不受鼓励甚至要受批评的。记得直到 1959 年才由人民文学出版社出版了一本薄薄的由我提出选题自己仅承译半本的《加兰短篇小说选》（与常健——即老翻译家张友松——合译，我还不敢一人独译呢）。此外，承朱海观、庄寿慈、萧乾、邹荻帆、陈敬容等老一辈人的宽松优待，也让我得有机会在刊物上发表了一些译作，特别是一些少有人供稿的小国家的作品（我将其中的几篇收入本文集，不然怕是真的要湮灭了)。稍后，文坛气氛愈益紧张。小编辑得以发表的机会更少了。幸亏当时高层领导决定为了反帝反修需选译一些“毒草”供内部发行，这倒使“年轻人”有了一些做文学翻译的机会。像卡夫卡的《变形记》等作品便是当时我提出选题，自己翻译了五个中短篇，在 1966 年由上海译文出版社以《审判及其他》为书名出版的。我记得亦曾与施咸荣、黄雨石、刘慧琴等人合作，节译出版了“垮掉的一代”的代表作《在路上》。有一点需得说明。当时自己翻译机会虽然不多，但是做外国文学编辑工作本身对小编辑来说也是一种学习。它使我什么都懂得一点，也知道什么叫高质量的精品，而且还有机会与周作人、傅雷、杨绛、丽尼、王佐良等老前辈接触，他们的来信较早时还是用毛笔书写的，保存至今都是可以上拍的墨宝了。而编辑部老先生们的耳提面命甚至训斥批评，现在想来，也能算是不出学费的特殊个别讲授了。

应该说，我在文学翻译方面所得到的主要成绩，还是在 20 世纪 80 年代以后才取得的。随着国家整体形势的改变，不论是外国文学出版的宽松度方面还是读者的需要方面，都起了巨大的变化。现在想想，最初应袁可嘉等人之约为《外国现代派作品选》翻译福克纳的《喧哗与骚动》的一个部分，也可算是改革开放浪潮推及外国文学翻译的一个小小微澜了。在译了这个段落并受到注意后我便像是身不由己，跟着大潮往前漂流了。

在正式翻译福克纳作品之前，我先编译过一本《福克纳评论集》，收集了美、英、法、苏等国知名批评家的论文与有关资料。在前言中我写道:“从许多方面看，他(指福克纳)都是一个独树一帜的作家。他的题材、构思的独创性以及他的特殊的艺术风格，使他在瞬息万变的西方文学潮流中，像一块屹立不动的孤独的礁石。”这句话直到现在似乎仍未过时，因为我还时常见到有人在写文章时援引。这本评论集出版于 1980 年。

评论集出版后，我更加觉得如再不完整译介福克纳的作品，未免“贻人以本末倒置之讥”，于是便将其他几个部分译出，后又根据美国 1987 年新出的“校勘本”从头至尾校改一遍，交出版社改排出版。

除了将《喧哗与骚动》译成出版，我还曾应漓江出版社之约，编过一本“诺贝尔奖”版的《我弥留之际》，内中除收入福克纳的这部作品，还有他的《没有被征服的》（王义国译）与《巴黎评论》对他的访问记以及法国学者米·格里赛所编写的《福克纳年表》等重要资料。我在书前写了一篇较长文章《一个自己的天地》，据莫言说，他即是通过拙文悟知，既然福克纳能通过自己家乡那枚“小小的邮票”，生发出一个“自己的天地”，那么他也大可经由老家高密东北乡，创造出“自己的文学共和国”。

接下去我又译出了福克纳的《去吧，摩西》《押沙龙，押沙龙！》与《福克纳随笔》以及《大森林》等作品。遇到的困难与挣扎时的苦况这里就不一一细说了。我只想指出一点：我特别注意收集与介绍福克纳的随笔、书信以及别人回忆与评论他的资料。这个做法我是从老前辈汝龙先生那里学来的。他 20 世纪 50 年代初在平明出版社，每出一本契诃夫小说集，都要附上一些有关资料。后来他又学会俄文，穷毕生之力，译出契诃夫的几乎全部作品，似乎还出了一本其他人论契诃夫的文集，这样的精心呈献使我深感钦佩。2000 年我得了一场大病，之前刚写完一本《福克纳评传》，记得住病房时还通过电话与浙江文艺出版社的王雯雯女士核对校样，当时的窘状，仿佛犹在目前。身体稍好后，我又贾余勇给新世界出版社编写了一本《福克纳画传》（2003 年），增加了《艺术成就》

《语言艺术》《走进中国》等章节，并插入百余幅插图。2008年，我翻译与编译的《福克纳随笔》与《福克纳的神话》在延搁数年后终于出版。后来又给人民文学出版社连写带译了一本《威廉·福克纳》，内收继承美国“南方文学”传统的女作家尤多拉·韦尔蒂纪念福克纳的演说。可以说，这又是学习与继承汝龙老先生传统的结果。

到现在，福克纳还有几部长篇尚未有中译。这项工程太艰巨，实非年已老迈的我所能承担，所以倘然能够有新生力量自告奋勇参加到翻译福作的队伍里来，我当然乐见其成。不过，让我感到高兴的是，目前已有多位高校老师撰写出或正在写有关福克纳及其作品翻译问题的研究专著，深度远远超过我，使我钦佩。除了福克纳，我对美国其他南方文学作家也很有亲近感，曾译过生平与作品都有点怪异的女作家卡森·麦卡勒斯的中短篇小说集《伤心咖啡馆之歌》，据说还颇受我国中青年作家的青睐。年轻人爱读老友施咸荣译的塞林格的《麦田里的守望者》，出版社约我译了他“次优秀”作品《九故事》。不久前，塞林格去世。他其他作品写得太怪异，太钻牛角尖，都让人难以卒读了。

我病后身体稍稍好转，又不禁手痒，便开始译一些另一个路子的作品，如英国19世纪初闺秀作家简·奥斯丁的代表作《爱玛》、20世纪初英国儿童文学作家A. A. 米尔恩的《小熊维尼阿噗》等童书以及弗·霍·伯纳特夫人所著的《小爵爷》《小公主》《秘密花园》等。译这些作品适宜于我休养身心，也让我重温年轻时所曾接触过的英国洋行气派。其实我病后译出的第一部书还是美国前总统里根太太编的《我爱你，罗尼》。我觉得西方政治家能写出这样的书实在难得，内中又谈到阿尔茨海默病，目前已成为进入老年社会的中国的注意中心。我最近比较满意的译作有加拿大著名女作家艾丽丝·门罗的《逃离》(本文集中收入了她另一个中篇《熊从山那边来》)、托·斯·艾略特的诗剧《大教堂凶杀案》(我认为自己注意到了原作内在的音韵),以及复译的海明威的《老人与海》(作品里大海的涛声有如巴赫的赋格曲)与《忆巴黎》(时不时能闻到面包店飘出的香味)。我这样做,有点像是个盼能尽量拓宽自己戏路的老演员。说实在的,我不太甘心让自己,说得难听些,成为一位大作家的“跟包”或是“马仔”。如果我是演员,我但愿自己是一个具有特性与独立品格的演员。如果我是音乐演奏家,我一定努力使自己能具有个人的演绎方式。我特别欣赏加拿大钢琴演奏家格伦·古尔德(Glenn Gould)。他弹奏的巴赫的《哥德堡变奏曲》极富个人特色,简直能令人心驰神往。他宁愿专心安静地在录音室中工作,而不爱在音乐厅里抛头露面,去享受众多观众的大声喝彩。莫里哀是位伟大的戏剧作家,但又是极具演绎能力的有创造性的演员。他最后还坚持带病演出,当天晚上回到家里就咯血而亡。对于这样为艺术献出生命的态度,我始终怀着一种“虽不能至,然心向往之”的崇敬感情。

为了力争自己翻译工作上的多面性,我在译小说之外也译过好几百首诗歌以及一些美丽的散文。这部集子里也选收了一些。选登了《爱玛》的一章,因为这是我与老友蔡慧合作译成的最后的一本书(此处发表的属于我译的前半部)。他已于几年前离世。他为读者贡献了许多优秀译作,自己始终单身,没有享受到家室的温暖。我祈愿在“那边”,他能不再那么落落寡合,生活得更加热闹欢欣。

(2012年重阳节后一日)

翻译散文

[美] 威拉·凯瑟

威拉·凯瑟（Willa Cather，1837—1947）

美国近代女作家，她对法国文化十分崇敬，曾多次去欧洲旅游。1930 年，她在法国疗养胜地艾克斯莱班与她最佩服的法国作家福楼拜的这位至亲卡罗利娜不期而遇。对她来说，这位“曾亲芳泽”的老太太不啻是二十世纪高峰期法国文学传留下来的一块“活化石”。相遇后的第二年，老夫人去世了。为了纪念这场友情，凯瑟也写下了自己的回忆。这里既有福楼拜与其友人的姿影，也饱含卡罗利娜的感情积淀与凯瑟自己的观察与思考，可以称得上是一篇多姿多彩、情文并茂的回忆文章。凯瑟传记的作者 E.K. 布朗也认为这是凯瑟所写的最完美的散文中的一篇。文章最初发表在 1933 年 2 月号的《大西洋月刊》上，后收入凯瑟的散文集《未到四十勿读》（1936）。

凯瑟主要的作品为中长篇小说，如《啊，拓荒者》（1913）、《我的安东妮亚》（1918）、《大主教之死》（1927）等。

邂逅相遇

一

这件事发生在艾克斯莱班[1]，世界上最可爱宜人的地点之一。我下榻在艾克斯大旅社，它面对一个有缓坡的小广场，广场上有一座维多利亚女王的铜头像，是为了纪念女王莅临萨瓦省这个历史悠久的矿泉疗养地而建立的。夜总会[2]与歌剧院毗邻而立，就在花园的正对面。这座旅社是为四十年前的游客建造的，那时的人喜欢宽敞的房间、硕大的浴室以及安静。它一点儿也不时髦，但是非常舒适。很久以前我总听到匹兹堡与费城有根底的老人谈起它。较新的旅馆都坐落在城高处陡峭的山上，它们那里有流行的玩意儿：喧闹、爵士乐，还可以跳舞。

在餐厅里我经常注意到，离我不远的一张桌子旁坐着一个老太太，是位法国女士，她总是独自一人用午餐和晚餐。她看上去确实是年事很高了，总有八十好几。人有点虚弱，但是一点也没有干瘪或是抽缩的样

---

① 法国东部城市，位于日内瓦西南，临布尔日湖，为冬夏旅游胜地。作为阿尔卑斯山矿泉疗养地，该处保存有维多利亚女王时期的豪华设施。当地含硫磺和碱性的矿泉在罗马时代即被开发利用。

② 所谓“casino”，实际上就是赌场。

子。她不能算胖，可是体态却有了老年人由于某种不快的原因难以避免的那种不匀称。她身上特别引人注目的是她的精巧的头部，非常优雅地长在双肩上，造型很美，让人不由想起某些罗马妇人的胸像。她前额不高，很直，鼻子的角度也搭配得正合适，她的两颞显得非常可爱，这种情况是很少见到的。

在我观察她进出餐厅时，我注意到她稍稍有点瘸，但是她全然不在意——她的步子迈得小而急，显得很不耐烦，肩膀使劲往后挺。可以看得出，她对老龄的局限根本不屑一顾。她经过我桌子时常向我投来锐利的一瞥或者是淡淡的半个微笑（她的眼睛可真清亮），仿佛想跟我说什么，可是我总保持沉默。我外语能力不太强，跟这样一位老太太说几句客套话又没什么意思，只消看一眼就知道她是怎样的一个人了。要和她交谈，你得轻松自如才行。

有几次，一大清早，我碰巧看见她走出旅社钻进她的汽车，每一次，她的司机都拿下楼放进车子一把帆布折叠椅、一个画架，还有捆在一起的一些画布和颜料盒。这以后他们便开动车子往山上驶去。在如此炎热的天气——那是 1930 年的 8 月下旬，艾克斯莱班难得有这么热的——还敢出去画画儿，这准是一位勇敢的老太太了。每天晚上用完晚餐，老太太便消失在电梯里，回自己的房间去。可是过些时候，她往往会重新出现，穿着上歌剧院的服装，由她的女仆陪同着到外面去。

一天晚上，没有歌剧演出，我看见她在休息室里吸烟，我是到那里去写信的。那是个非常热的夜晚，所有的窗子都开着。我看见她把带花边的披巾往肩膀上拉，便走过去关上其中的一扇。这时候她用纯正的英语对我说：

“我觉得这股穿堂风是从餐厅吹来的。如果你吩咐侍者把那两扇门关上，我们就觉不出风来了。”

我找到侍者，让他把门关了。等我再进来，老太太向我道了谢，指指自己身边的一把椅子，问我有没有空抽一支烟。

“你要在艾克斯待上一段时间吧，我猜？”我坐下来的时候她问道。

我回答说是的。

“你喜欢这个地方了，那么说？你是在治疗吗？你从前来过这儿？”

不，我没有在治疗。我以前来过，再次来仅仅是因为喜欢这儿。

“跟别的许多地方比，这儿的变化算是最小的了，依我看，”她说，“我断不了来这儿，前后足足有三十五年了；我跟艾克斯莱班有缘分哪。再说呢，我喜欢这儿的音乐。我住在南方，在昂蒂布[①]，你去听大巡回演出[②]了吗？昨天晚上的《特里斯坦与伊索德》[③]你去听了吗？”

我没有去听。我告诉她我觉得晚上坐在戏院子里太闷热了。

“不过那里也不见得比别处更热。我倒不觉得有什么不舒服。”

她声音里有一些责怪的语气，我便添加一个理由说我认为那几个主角也许算不得出类拔萃，我听歌剧就要听唱得特别好的。

“他们够好的了，”她郑重其事地说，“听瓦格纳我对嗓子并不挑剔。我去听的是乐队。昨天晚上指挥是阿尔伯特·沃尔夫，我们最杰出的小乐队指挥[④]之一。”

---

① 法国阿尔卑斯滨海省城镇，位于加鲁普半岛东侧。
② 此处原文为法文。以下用仿体处原文均为法文，不再一一注出。
③ 瓦格纳所作三幕歌剧，1865 年首演。
④ 此处原文为德语。显然，所提到的指挥系日耳曼人。

我说没听到歌剧我感到很遗憾。

“你明天下午想去听他的古典音乐会吗？他会把拉威尔[①]的《圆舞曲》处理得很高明的……如果你喜欢现代音乐的话。”

我赶紧说我打算去的。

“不过你预订座位了吗？没有？那我得劝你马上就去订。这地方最理想的办法是预订全套演出的座位。当然，你不必每场都去；不过这可是最好的办法。这里晚上无事可做，除非你趴在牌桌上玩牌。再说，马上就要到 9 月了，天一点点低了，剧院是不可少的。”老太太停住嘴，皱了皱眉，用她那只怪有意思的手做了一个表示不耐烦的姿势。“我应该怎么说？不该用‘低’这个词儿，不过我很少有机会说英语。”

“你可以说天一点点短了，不过我觉得‘天低’这个说法挺漂亮的。”

“还有点诗意，是不是？”

“也许是吧；不过是恰到好处的那种诗意。”

“你的意思是？”

“它不完全是文绉绉和书面上的。英国好几个地方的乡下人都用这样的说法，我想是。我还听到过美国旧时的农民也这样说，那是在南方。”

老太太短促地干笑了一声。“那么说，一个词只要农民也用，那就是很妥当的了，是吗？”

是的，我告诉她，这正是我的意思：很妥当，一点不错。

这第一次交谈我们聊的时间比理应的稍稍长一些。她问我去没去过

① 莫里斯·拉威尔(1875—1937)，法国作曲家。《圆舞曲》为其芭蕾舞剧音乐，作于1920年。此处的“古典音乐”为“严肃”“传统”之义，与“通俗音乐”相对而言，不一定是古代的。

沙莫尼[1]，还竭力劝我一定得去萨朗什[2]附近的一个地方，不久前她来艾克斯莱班的路上曾去那里访问过几个朋友。在回答她的问题时我用了一个愚蠢的做法，那是人们在与操另一种语言的人交谈时往往会采用的——用极其简单的言词来解释自己的意思。她皱皱眉头拦住我说："对不起，就用惯常的方式说好了。有一段时期我的英语还是满不错的。如果我现在说得不好，那是因为缺少锻炼。"

我跟她道了晚安，接着就在一张桌子前坐下写信。在回房间的路上我停下步子，跟一个一起旅行的朋友说，我们一直很欣赏其风度的法国老太太说一口纯正的英语。非常流畅；而且，真的，似乎对语言有一种特殊的感受力。

二

第二天热得出奇。早上，环绕艾克斯的那些美丽的山脊看上去清晰突出，可是葡萄园却显得萎靡不振。接近中午，群山变得迷迷蒙蒙，阳光透过一重稀牛乳似的大气倾泻而下。我对音乐厅里的闷热不无忌惮，不过到了两点钟我还是去听阿尔伯特·沃尔夫的音乐会了，在那里我欣赏到一种拉威尔《圆舞曲》的演奏方式，那是我不敢期望再次听到的；乐队很小，但是训练有素，指挥确实是第一流的。

节目很长，中间有两次休息。最后的那组作品好像不特别有趣，音

① 法国上萨瓦省阿尔卑斯山中的旅游胜地，是攀登勃朗峰的起点。
② 位于法国上萨瓦省，为观赏勃朗峰景色的胜地。

乐会没有这些也已经是够长够精彩的了。我想不听完也不要紧。我打算走到广场上去在罗马拱门旁喝一杯茶。在走出通向花园的门厅时，我看见法国老太太和她的女仆坐在廊子上。她穿了一袭白裙子，戴一顶有花边的遮阳帽，在使劲地挥动扇子，汗珠使她扑了粉的脸上现出一道道深色的印痕。她招招手让我过去，问我喜欢不喜欢这些音乐。我告诉她我喜欢，确实很喜欢；可是现在我欣赏甚或是听下去的承受力已经耗尽，我打算上广场去喝杯茶。

“噢，别去，”她说，“何必呢？你可以在这儿的花厅里喝嘛，味道也不坏，而且还来得及回去听最后一组作品。”

我谢过了她，穿过花园，不过我还是无意把音乐会听完。瞧一件件事情如何进行到底无疑是这老太太的一个习惯：可不是吗，她在认真观察生活直到看见它的结局，她在这样的大热天去听音乐会去看歌剧；她还操心别人应该怎么听，她连拉威尔该怎样演奏也要管，按说对新音乐的兴趣她能追踪到赛萨·弗兰克[①]也就算可以了。

我穿过假山山洞，走出俱乐部的花园来到街上。我来到广场，和在勒瓦尔山[②]结识的几个蛮讨人喜欢的英国人一起喝茶，这里面有来此地度假的一个年轻的英国商人和他的妻子。我多少有点逃脱了一个严厉的女教师的管教的感觉。老太太理所当然地认为，人人都希望在一定的时间之内完成尽可能多的事。我不久后发现，对她来说，完成什么，这就是生活的全部意义；“永远让事情完成得好些更好些。”我与她熟识后有

---

① 赛萨·弗兰克（1822—1890），比利时作曲家与管风琴演奏家。他的作品在法兰西现代音乐中起了承前启后的作用。
② 位于萨瓦省，高1537米，在艾克斯莱班上方，为冬季运动中心。

一次她这样说。

我换衣服准备去用晚餐时，心里做出决定我得走开几天，到勃朗峰底下的上萨瓦山区去。那天晚上当老太太叫住我要和我讨论音乐会时，我向她请教到了那边该住什么旅馆的问题，因为我们初次交谈时她提起过几处山中胜地，从萨朗什走非常方便，那是我非去不可的。

她立刻就推荐了一家旅馆，位置很高，非常凉爽，接着又开列了一整套从那里出发可以浏览的地点，还提供了一个完整的游览日程表，我一听就知道自己不应该遵从。我去那里仅仅是为了避开炎热以及从一个较好的角度观看勃朗峰——完全无意熟悉这一带的乡野。

三

我的山中之行极其成功。老太太对我所做的每项建议都非常高明，我很感激她。我滞留的日子比原定要长。一天深夜，我回到艾克斯莱班，第二天我早早起床，来到堤岸上，我觉得艾克斯这个地方不管什么时候回来都是让人心里高兴的。等我回旅社去吃午饭时，我又看见老太太了。她坐在紧靠门外的一把椅子里，显得又疲惫又憔悴。在这儿她有自己的汽车自己的司机，干吗不跑开去避避暑呢，这我倒真是不明白了。事实上她一直留在此地，而且每天早上都外出写生。她很热诚地和我打了招呼，问我晚上有没有约会，她建议我们晚饭后到大厅里去聚聚。

我是和我的朋友一起吃晚饭的，饭后我们又一起到写字厅去，老太太在这里等我们。我们的交情在我离开时似乎有了一些增长，虽然到现在为止我们谁也不清楚对方的名与姓。她叫什么，我认为无关紧要的；她就是她。谁能认不出她的非凡与威严呢，这从她头部优雅的姿态，从她纤巧的双手，从她的声音，从她不论用何种语言发出的每一个字，从她那敏锐、穿透力极强的目光，都可以看得出来。我对她的姓名没有什么好奇心；叫什么仅仅是一件偶然的事，是没有多大意义的。

我们谈了一会儿，谈得颇为愉快。老太太对在俄国进行的苏维埃试验发表了一些看法。我那位朋友说幸亏那批伟大的俄罗斯作家没有活到看见革命，像果戈理、托尔斯泰、屠格涅夫这几位。

“啊，是的，”老太太叹了一口气说，“特别是屠格涅夫，他会觉得这一切都挺可怕的。我有一个时期和他很熟呢。”

我惊讶地看着她。是呀，当然了，这也是可能的。她的确是很老了。我告诉她我还从未见到过一个认识屠格涅夫的人。

她微笑了。“是吗？我做小姑娘的时候经常见到他。我当时对德语，对德语文学杰作的兴趣很浓。我在翻译《浮士德》，仅仅是为了愉悦自己，而屠格涅夫总是仔细校读我的译文，还时不时作些修改。他是我舅父的好朋友。我是在舅父家里长大的。”她说着说着就激动起来了，她的脸变得更有生气，声音也更热情了，眼睛里闪烁着异样的光芒，某种强烈的感情在她心中复苏。她接着往下说时声音都有点发颤了。“我母亲生我的时候难产死了，我是在舅舅家里给带大的。对我来说他比我亲生父亲还要亲。我舅舅也是个文学家，叫居斯塔夫·福楼拜，你们也许知道……”她最后几个字是用一种古怪的声调说出来的，似乎她不小心说了什么不该说的事，正想法子偷偷把它收回去。

她话里的意思我是逐渐逐渐才领悟的；这么说她准是《给甥女卡罗

利娜的信》[1]里的那个“卡罗”了。没有什么可说的，当然了。房间里鸦雀无声，对于这样的透露谁也想不出什么话可以说，这正像被突然带到堆得像山那么高的往事之前一样。你无法看清山的前后左右，你只是傻乎乎地领悟到，老太太用一个词、一两个名字呼唤出来的这座山里有一个人几乎全部的心路历程。好几分钟过去，仍然没有人说得出一句对这样的透露表示高兴的话。我捧起她的一只纤纤素手，吻了一下，以表示对一个伟人的时代、对使她的声音打战的那些名字的敬意。

她笑了，那是一种发窘的笑，她急急地说：“噢，不必这样！完全不必的。”可是方才说“你们也许知道”时的那种不信任的声调，那种略带挑衅的语气，已经不见了。“你们熟悉我舅父的作品吗？”

谁会不熟悉呢？我反问。

又是那种干巴巴的声音了，伴随而来的是一个耸肩。“噢，我几乎没有遇到过一个真正熟悉他作品的人。他的名字，当然，是知道的，还有在法国文学里的地位，可是作品本身就不清楚了。我如今根本见不到非常喜欢他作品的人了。”

伟人的名字在交谈中是件让人为难的事，特别是当对方是一位萍水相逢的朋友。你可不能随随便便对待这些名字，它们有着太多的价值。我认为正确的做法是不去主动提到它们，更重要的是千万别提问题，就让老太太说她想说的，问她愿意问的。看来，她想谈的是“我舅父的那些作品”。她攻击什么不大明确，她这儿敲一记那儿打一下，题目是很大的。她告诉我舅父死后她为他编定了未写完的《布伐尔和佩居谢》，又说

① 福楼拜的四卷书简集，出版于1887—1893年。

作品中福楼拜自己最心爱的一部是《圣安东的诱惑》；她猜想我大概不会赞同他的选择吧？

是的，我很抱歉，不过的确难以苟同。

“我猜想你最喜欢的是《包法利夫人》吧？”

对这本书几乎是无法讨论的；它是历史事实。人们对它过于熟悉以至于都难以再深入理解了。

“可是，”她喃喃地说，“这本书我舅父从出版商那里才拿到五百法郎。当然，他并不是为金钱而写作。不过他还是会高兴的如果……那么，你最喜欢的是哪一部呢？”

我告诉她几年前我重新读了《情感教育》，发现自己以前没有能认识它的伟大。

她摇了摇头。“啊，太长了，太啰唆了，对话太多了。而且弗雷德利克这个人物也写得太弱。”

可是她的脸上有一种热切的神情，而且从她声音里我能感到，她的心情与加里波第[①]撤离罗马告示部下时颇为相像，当时加里波第说，他能给予他们的仅仅是寒冷、饥饿、疾病与不幸。其实他还提供了别的，但这就得由听众自己去体会了。

我最近一次读《情感教育》时感觉到，它的弱点恰好是一种性质高贵的弱点。它太冷峻，以致与它的副标题《一个青年人的故事》不相称；因为青年人，即使缺乏高尚的热情，至少也是具有强烈的自我主义的。

① 吉·加里波第（1807—1882），意大利民族统一运动的著名领袖。1849年4月法军为恢复教皇统治进攻罗马。他组织了罗马保卫战，继而率几千人撤离罗马，摆脱法、奥军的阻击，抵达海边。他沿途传播意大利统一的思想，宁死不屈，成为家喻户晓的英雄。

可是我又怀疑，对弗雷德利克这样冷峻、淡漠，几乎是轻蔑的刻画是不是对巴尔扎克过于同情的态度的一种抗议，巴尔扎克在写年轻人时——欧仁·德·拉斯蒂涅、吕西安·德·吕庞泼莱、荷拉斯·毕安训以及所有别的人——都是持这种态度的。巴尔扎克给他的人物打气叫好，跳进竞技场和他们一起拼搏流汗，用自己全部动物般的热情支持他们，巴尔扎克这种习惯显然使福楼拜极其反感。也许正是巴尔扎克的这种推销员性格，使得福楼拜在给就是这个外甥女卡罗利娜的一封信里这样提到他："他和一口汤锅一般无知，而且直到骨髓都是一个布尔乔亚。"

自然，一个青年人的故事，又根本不是那样有滋有味，写细节也不是那样纤毫毕露，八成不会成功。在《情感教育》里，琐琐碎碎的事情不少（生活本来就是由这等琐事堆砌成的），但是驱使青年摆脱愚昧、庸俗经历的那种似狼如虎的名利心却未见踪影。弗雷德利克的故事写的是青年，里面却没有年轻人的心气，故事经常沉闷便是不可免的了。不过书的靠后几章证明这本书还是值得一读的。书的结尾处，主人公年轻的生活比起读者逐年逐年追随它的时候显得更为真实，整个故事在一个"高音区"上结束。从最后一个伟大而平静的场面——两个进入中年的朋友坐在炉火边，他们始终没有成为真正的朋友，可是在一起度过了青年时代——我们回顾弗雷德利克的一生，发现已经得到应有的一切，包括那些沉闷的岁月。那是一个人度过的一生，而不是读过的一个故事；不如一个故事那样能消愁解闷，却有更多的必然性。你掩卷之余会"得到"什么，就像重病一场之后会得到一颗衰弱的心脏一样。一重阴影蒙上了你的心灵，这阴影再也不会离你而去。

法国老太太跟我谈了好一阵子《情感教育》。她又怀着爱意，充满柔情地谈起阿尔努夫人。

“啊，是的，阿尔努夫人，她真美！”她明亮的眼睛湿润了，脸颊泛出了红晕，整张脸也变柔和了，这说明了更多的问题。阿尔努夫人这位中产阶级可爱、善良的妇女，这个维系着整个故事（同样，是她，使弗雷德利克不至于散了架）的妻子，如此生动地出现在老太太脑海里，好像她已经进入了这个房间。阿尔努夫人和我们在一起，在艾克斯的这座旅社里，时间是1930年9月5日的晚上，她是一个实体的存在，她穿了她那个时代的漂亮服饰，就和弗雷德利克初次去舒瓦泽大街24号吃饭的那个夜晚一样。外甥女对她舅父笔下这一个人物怀有极不一般的感情。她沉溺在自己的记忆里，回想阿尔努夫人初次出现时的情景，她怎样坐在塞纳河上一条客船的板凳上，穿一件有小绿花的细布长裙，戴一顶有红丝飘带的宽边草帽。老太太只要一提到阿尔努夫人就会显露出某种异样的感情，或是微笑，或是叹息，再不就是摇摇头，就如我们提到某件精美得难以描摹的物品时那样：“啊，是的，她真可爱，阿尔努夫人！她是完美无缺的。”

老太太告诉我她家里藏有《情感教育》的修订稿。“当然，我还有很多别的手稿。不过这一份是他逝世前很久特地给我的。你要是到昂蒂布我家里来做客就可以看到它。我把我的家叫作塔妮别墅，为了纪念那个女神[①]。”她微笑着添了一句。

女神的名字又把我们带回到《萨朗波》，这是福楼拜作品中我最喜欢的一部。我喜欢他把遥远与残酷的古代的事情再现得如此完美。我偶

① 塔妮，腓尼基女神。福楼拜在《萨朗波》里提到过。

尔提到《爱罗底亚丝》中那无比辉煌的最后一个句子，在那里一个个向下的音节仿佛在模仿约翰的那些弟子把他们的先知被砍下的头带走时的急匆匆的脚步。这时候，她轻轻地背诵了那个句子："Comme elle était très lourde，ils la portaient alter-na-tiv-e-ment."①

不知不觉，时间已经很晚了。女仆在走廊里站了有好一阵了，是在等她的女主人。老太太终于站起来了，她把披巾往身上拉紧。

"晚安，夫人。但愿你能做几个甜蜜的梦。至于我，今夜是无法入睡的了。你让我想起太多的事情。"她朝电梯走去，迈着精力充沛、无所畏惧的步子，她平时艰辛地让自己那已不完全听话的身子穿过餐厅时也总是用这种步子的。

等我回到房间打开我的窗户时，我也感到睡意全无了。一轮满月（就像《萨朗波》里的一样）悬在小广场的上空，把皓洁的光朝花园、静静的街道与雾霭蒙蒙的群山倾泻。老太太把法国文学中一个伟人的时期带到咫尺之间；对于每一个珍视法国文学的人来说，这个时期对于个人的生活也都具有举足轻重的意义。

四

对于我们这些有幸在无意中发现这些法国文学的大师而不是在教师冷冰冰的指导下知道他们的人来说，彼此的经验也许都是大同小异的。

---

① 此处因与语言声音有关，特将法语原文保留。这一句话的意思是："因为头颅很重，他们轮——流——捧——着。"

自然，我们都是从巴尔扎克开始的。对年轻人来说，他似乎已经是再也无法超越的顶峰，而持这样的看法也不是没有道理的。他们把他的作品读了一遍又一遍，而且生活在他的世界里；在没有经验的人眼里，那个世界既不显得人太拥挤也不显得家具太多。等到开始读福楼拜—— 一般总是以《包法利夫人》为先导——他们会埋怨声调上起了变化；他们怀念原先的那种光彩，那种热情，那种气质。（下面这样的说法绝非夸大其词：如果一个人二十岁时全然不迷恋巴尔扎克，此人是活不下去的；若是他四十岁时仍然按巴尔扎克的观点来看拉斯蒂涅和吕西安·德·吕庞泼莱，此人算是白活了。）我们最初读《包法利夫人》时是带着一定的敌意的，对我们来说，这杯酒未免太不够味了。也许，我们会试着去读福楼拜的另一部作品，可是耸耸肩膀又回到巴尔扎克那里。不过，但凡在写作的某些方面有点灵性的年轻人是找不回来他们早先离开的那个巴尔扎克了。他们自己的身上起了某种变化，这败坏了他们欣赏巴尔扎克的胃口。有一个阶段，他们像是既失去了巴尔扎克也失去了福楼拜。后来，他们又重新找到了两位大师，而且按他们的本来面目读他们，明白了一个艺术家的局限性和他的长处一样，也是同样重要的；它们都是一种明确的特点，不是什么缺陷，两者都有助于形成作家的特色、作家的个性，也就是一听就能立刻辨认出是什么人的那种东西，是福楼拜、斯汤达、梅里美、托马斯·哈代、康拉德、布拉姆斯、赛萨·弗兰克或是别的什么人。

现在的情况仍然是，巴尔扎克和狄更斯、司各特一样，对广大群众具有强烈的吸引力，这些人对任何艺术形式都没有什么鉴赏能力，仅仅是通过拙劣的译文读巴尔扎克。这是巴尔扎克具有强大威力的明证，不是什么粗暴的对待能随意抹杀的。不过这也说明他身上缺乏某种素质，这虽然只有少数人在意，却是至关重要的。一个人一生中有那么一个时期，他第一次感受到福楼拜所代表的那种东西，第一次崇拜（几乎违反了他自己的意志）语言与想象的独特的完整性，崇拜福楼拜的那种冷峻——这在他身上，是近乎崇高了——这段时期是一生中回忆起来会感到愉快的一章，而那天晚上，弗兰克林·格卢夫人却把它召了回来，而且近得伸手便可以抚触到。

五

对了，这正是她的名字。第二天早上，旅馆的侍者送来一张名片，上面印着这几个字：

弗兰克林·格卢夫人

昂蒂布

在一个角上，还用紫墨水写着：塔妮别墅。

晚上，我们又坐在写字厅里了，格卢夫人的谈话接触到许多事情。比方说，接触到普法战争，以及这次战争对她舅父的影响。他曾安排让她动乱期间基本上都在英国安安稳稳地度过。最近1914年的这次战争呢，她在意大利待了很长时间。在她讲得很好的许多种语言中她最喜爱的就是意大利语了。（她甚至还能说瑞典语呢，她第一个丈夫在世时她在瑞典住过，他在那边有商业利益。）

她谈到屠格涅夫，谈到舅父对他的感情以及对这位艺术家的高度崇敬①。她喜欢回忆屠格涅夫去克鲁瓦塞②的几次愉快的拜访，这是对主人的漫长期待的酬答。屠格涅夫往往先来一封信确定日期，又来一封信改变日期，接着又打来一封电报——有时候干脆就不来了。福楼拜的母亲准备接待的方式是检查家里的每一张床，可是她始终没能找到一张足够长，可以让"这个莫斯科人"舒舒服服躺下的。

格卢夫人像是特别喜欢回忆屠格涅夫和她一起坐在桌子前的那些夜晚，他在帮她校读她的《浮士德》译文："那位高贵的人，他竟愿在我幼稚的习作上花费时间！"她记得很清楚他写《春潮》的那段时间，还有她自己初次读到这部作品时的激动心情。她和亨利·詹姆斯一样，好像也对屠格涅夫在维亚多③家的地位深感不满；即使隔了那么长一段时间，提起这件事还是愤愤不平的。"他们去打猎时，竟让他看狗！"她压低了声音嘟哝地说。整整一个晚上，她都在谈他不幸的晚年：谈他对自己女儿的失望，谈他漫长而痛苦的疾病，谈由于他的朋友相继去世，他的生活面如何越来越小，越来越没有光彩。不过这些都是最最隐私的回忆，如果格卢夫人有意把它们公之于众，她自己会写的。

维亚多夫人她是很熟悉的，屠格涅夫去世多年之后也是如此。"波

---

① 格卢夫人对屠格涅夫的感情看来得到了热情的回报。福楼拜 1837 年紧接着屠格涅夫对克鲁瓦塞的一次访问后给她写了一封信，里面说："我的莫斯科人今天早上离开了我……你完全把他迷住了，我的宝贝！因为他好多次向我提到'我极可爱的甥女''我娇媚的甥女''令人陶醉的女才子'，如此等等。总之这位莫斯科人喜爱你！这使我很高兴，因为他是一个完美的人。你想象不出他的知识有多广博！他曾向我背诵伏尔泰和吕斯·德·朗西瓦尔的悲剧片断。我认为他彻底了解各种文学！同时他又是如此谦虚！如此善良！如此倒霉！"——原注

② 在鲁昂市远郊，该处有福楼拜的邸宅。

③ 波利娜·维亚多（1821—1910），西班牙裔法国著名女低音歌唱家，巴黎的意大利剧院院长路易·维亚多的妻子。她和屠格涅夫关系非常密切。

利娜·维亚多是个高超的艺术家，作为一个女人来说是很聪明、非常引人注目的，也很有魅力——而且，实际上真是西班牙味儿十足！”她说。至于路易·维亚多先生，她的评价可不高。我得到的印象是，他还不讨人厌，但是也就仅此而已。当我问到维亚多先生有没有把屠格涅夫的一些作品译成法文时，老太太抬起了眉毛，眼睛里闪过一丝讥讽的光芒。

“是屠格涅夫自己译的，维亚多也许越过他的肩膀瞥见过几眼吧！”

乔治·桑她是不喜欢的。是的，她毫不迟疑地承认，她那些男朋友都非常忠于她，对她十分敬重。“我舅舅”也很重视她的友谊，可是格卢夫人对这位女士的个性实在不敢恭维。

我得出的印象是，在格卢夫人看来，乔治·桑为自己设计的那伟大的角色哪一个她也没有当好：不论是忠实的情妇、坚贞的同志、“好伙伴”，还是自我牺牲的母亲。乔治·桑的男朋友们相信所有这些身份她都具备，她自己当然也这样认为。可是格卢夫人似乎感到，在所有这些关系上，杜德望夫人[1]与其说是自我健忘，不如说是自我满足；她一直颇为自我欣赏，而且还有些假殷勤。格卢夫人对这种令人不解的虚伪的厌恶是直截了当与出自本能的——这简直让她像听到划玻璃一样不能忍受。按说屠格涅夫对女人的心理是了如指掌的，却似乎始终未能看出他这位朋友的浅薄。不过，从肖邦后期的书简里可以看出，肖邦在付出极大代价之后终于对此有所领悟——说来也奇怪，还是通过杜德望夫人对自己儿女的行为才明白的！很明显，他准是见到了某件虚伪得如此精巧，乖

---

① 即乔治·桑。她本名奥罗尔·杜班，18 岁时嫁给杜德望男爵，此人是个乡绅。她不满男爵浮华浅薄，27 岁时带了一子一女离开他去巴黎独立生活。

谬得如此出格的事，以致当他语焉不详地提到他的字句时似乎都在颤抖。

虽然我尽量让格卢夫人引导我们的谈话，自己不加任何诱导，也从不向她提出任何问题，但我还是问了问她读马赛尔·普鲁斯特[1]时是否感到愉快。

“太难读了，也太吃力了。”她喃喃地说，挥了一下手，就这样把一个时代最伟大的法国作家打发掉了。

当提到阿纳托尔·法朗士时她急急地说：“噢，我非常喜欢他！可是我最喜欢的还是他受我舅父影响最多的那些地方！”

她疲倦或情绪激动时总是说法语，不过她的英语也是既灵活又准确。她说起英语来蛮像一位英国女士，一点也没有法语口音。

让我感到惊奇的是她对现代音乐的强烈兴趣与好感；拉威尔、斯克里亚宾、阿尔贝尼斯、斯特拉文斯基、德·法拉，她竟无所不爱。我离开艾克斯的前几天，看到她亲自去售票处订《鲍里斯·戈东诺夫》一场演出她指定要的那几个座位。她准是改变了她坐惯的位置，因为她邀请了从萨朗什来的几个朋友和她一起听歌剧。“你当然会来听的吧？本季度阿尔伯特·沃尔夫就指挥这最后一场了，他指挥得棒极了。”她解释道。

那天晚上，光看格卢夫人怎样听歌剧，观察她脸上怎样起种种变化，这本身就是一桩乐事。她自始至终专心致志，从不走神，看上去比白天更年轻、更健康，仿佛音乐倒是一帖极灵验的兴奋剂。我注意到，任何一种形式的快乐都能使她更敏锐，更果断，更自信，更有权威，它使她身上一个时代的印记重新苏醒，那个时代在艺术上曾锻冶出一种伟大的

---

① 马塞尔·普鲁斯特（1871—1922），法国现代作家，《追忆逝水年华》的作者。

风格。她还是一个年轻的女子时福楼拜给她写过一封信，里面说：

> 我可怜的宝贝，使你具有智力消遣的爱好对我来说是无比的欢乐！这免除你多少烦恼和蠢事！

显然，这些兴趣给她带来了好处，在她舅父自己去世多年后仍然如此。在八十四岁的高龄，她仍然具备自我愉悦的能力，世界上具备这种本事的人可不多呢。

六

第二天早上，我告诉格卢夫人，由于有位朋友得了病，我必须立即赶到巴黎去。

于是她问我，什么时候能够回来并且到南方的昂蒂布和塔妮别墅去，去看她的福楼拜收藏，参观他书房的布置，这是三十五年前她设法搬迁过去的。

我告诉她这样的拜访恐怕要推迟到明年夏天了。

她脸上漾出一个非常可爱的笑容。“自然，在我这样的年纪，未来是有点拿不准了！”接下去她问我，等她回到昂蒂布能否寄给我一些东西，以纪念我们的相识；我是否愿意要点曾经属于她舅父的东西，或是他写的一封信？

我告诉她我并非收藏家，对我来说，手稿与有签名的书简意义很小。他舅父对我来说十分珍贵的东西我已经拥有，而且拥有了多年。她竟认为我需要某样实有的物质才能记住她或是福楼拜，这使我感情上受到伤害。因为，只有她头脑与心中的福楼拜，才能给我一个美好的回忆。

第二天，进午餐时，我与格卢夫人道了别，我准备坐两点钟的火车离开此地。这是一次匆忙与凄惶的分别，不过双方都是真的依依不舍的。她原来指望我能多住一些时候的，她说。可是她片刻也没有装出一种受了委屈的腔调，那是许多有身份的老太太都爱用的。格卢夫人身上丝毫没有“任性”或自我娇纵的影子，她毕生养成的习惯恰恰是相反方向的。人都有自己的目标，谁都朝自己的目标挺进；人都有自己的责任，谁都是尽力为完成自己的责任而努力的。

我瞥见她的最后一眼是这样的：她站在餐厅里，脸上扑的粉被泪水毁得七七八八，脸上的表情显得很激动，可是头挺得很直，两眼闪闪发光。她对我说的几句话里表示了一个希望：但愿我永远记住我们一起无拘无束地谈论“我舅父的作品”时的那种乐趣。她站在那里，就像抱住一根拐杖那样紧紧地抱住那个名字。显然，珍贵的记忆与深沉的爱是她赖以生存的东西，它们是她用以抵御一个充满平庸琐事的世界的铠甲。

七

等我回到巴黎开始重读《福楼拜致甥女卡罗利娜书简》时，我发现格卢夫人的个性在书页之间熠熠生辉。我如今几乎感到震惊，从写给她的信里看到——当时她还只是一个小女孩呢——福楼拜对于外甥女英语课的进程竟是如此关心。正是这些英语课使我在七十三年之后依然得到裨益！

现在，这本五百页的书里的人物对我来说都栩栩如生了，它就像是我亲自熟识的一个家庭的谱系。从今以后，它将成为带给我最大愉悦的书中的一本；在居斯塔夫·福楼拜致别人的书简里，他都未曾显示出自己如此可爱的品格。

心里怀着格卢夫人的形象通读这些持续了足足二十四个年头的书简时，人们对这整个情况会产生一种幸福与满足的感觉。是的，甚至会对命运表示由衷的感激！一个伟人竟会对一个甥女（她自私、虚荣，虽然聪明但究属一般水平）写出如此可爱、温柔与体贴的信，仅仅因为她是他最亲的亲人！这种事情总是说不准的：一个冷漠、愚蠢的女人最终竟能变得如此有教养！

可是在认识了格卢夫人之后，我便明白她还是有根底的，没有人能比她更敏感地识别出福楼拜作品中所有最最精彩的东西，或者说能比她更不迟疑地肯定他其实并不具有的东西——这也是同样重要的啊。

在他整个最佳创作期里，他都有她依傍在身边，住在自己家里，或是在离得不远通信方便的地方，她，自己的至亲，比自己年轻、热心，完全了解他正在从事的是什么样的工作，她甚至能从他的失败里体会他的伟大之处。对于一个文人来说，难道还有比这更快活的处境么？又有几个作家，能在自己的子女当中找到知音呢？

况且，卡罗利娜还是福楼拜极其挚爱的一个妹妹的女儿。卡罗利娜还是个幼婴时他就把她领回到自己克鲁瓦塞的家里，在这里他和他老母亲一起生活。对于一个孤独的文人和一个老太太来说，能有一个小娃娃抚养，而且又是自己爱女的女娃娃，那是多大的快乐！他们可以分享到她孩提时期的种种乐趣——她也一准是一个最最招人疼爱的小姑娘！福楼拜为了她的启蒙着实花了不少时间，当他坐在他那张大写字桌前或是靠在床上工作时，他也喜欢让她待在房间里，躺在角落里一张地毯上看她自己的书。她可以一连好几个钟头都不开口，这是她告诉我的；她因为舅父要她陪在那里而感到无比骄傲。那会儿她刚学会看书，她躺在她的角落里，喜欢想象自己在一只笼子里和一只凶猛有力的野兽关在一起，一只老虎或是狮子或是熊，它把看守吞吃了，谁来开门它都会扑上去，可是和这只野兽关在一起她是“既安全而又自豪的”，她说这句话时还咯咯地笑出声来。

逢到福楼拜滞留巴黎的短暂期间，他会写信给卡罗利娜，问她的心爱的兔子怎么样了，还说到她幻想中克鲁瓦塞花园里的那几个角色。他给卡罗利娜的玩偶罗贝尔夫人送去自己的问候：

请代我谢谢罗贝尔夫人，承蒙她记得我。请向她转达我的敬意。劝她吃滋补的食品，因为我觉得她脸色有点苍白，我对她的健康不无忧虑。

在从巴黎发出的另一封信里，时间是恰好一年之后，当时卡罗利娜十一岁，福楼拜告诉她自己要给她寄蒂埃里[①]的《墨洛温王朝时代故事集》，并且说：

《墨洛温王朝故事集》使你看了很高兴，我感到很欣慰。看

① 奥·蒂埃里（1795—1856），法国历史学家，著有《墨洛温王朝时代故事集》（1835—1840）等。

完以后，重看一遍；记住一些日期，你就有了纲要，每天再花些时间瞧瞧地图。

从这些信中可以看出福楼拜怎样满意地跟踪着卡罗利娜每一个前进的步伐。她语言方面的才能最让他引以为豪，虽然直到她结了婚住在外国，他仍然时不时挑剔她拼法上的错误：

有点儿拼写错误并不会使你受到损害，我的宝贝！你将aplomb写成两个p了："Moral et Physique sont d'applomb"（精神和肉体是平衡的），三个p强调更多的活力。我觉得有趣，因为这像你的脾气。

是的，活脱是她的脾气，一点儿没错；就跟多年之后，她迈步穿过艾克斯莱班旅社的餐厅时一模一样。

虽然她结过两次婚，格卢夫人在我们的谈话中从未提起过她的哪一个丈夫。她的舅父始终是她生活中的重要人物，虽然我与她相识为时很短，我也能感觉出她具备与福楼拜为伍所需的每一个素质。除了对他虔诚的爱，她还具有多种才赋，她对艺术有着非凡的悟性与直觉，她具有他一定十分喜爱的道德水准：高度的自制力、极其通达人情，以及对公平与正义的爱。她养成了要穷究事理与考核根据的习惯，仅仅是为了满足智力上的需要。当她想解释一件事情时，她的言辞具有优美的拉丁散文的风格：精练、优雅、准确。她是一个理想主义者；她经历过两次大战。她是我所见过最不耽于空想、最不伤感的人里的一个。她很清楚，决定人的行为的，不是他们自己的意愿，而是客观的条件与环境。在她头脑里世界上存在着一种崇高的光明，就如克鲁瓦塞那间有许多扇窗户的工作室，北面凉爽、柔和的光源源不绝地倾泻进来。对于福楼拜，她不仅是一个友伴，而且是可以钟爱与保护的“全家人的女孩”。而且他整整一生都没有失去她，直到短短一小时之内把他带离人世的那次猛烈的中风。而她呢，整整一生，都珍藏着人们在他弥留之际给他擦去额头冷汗的那方手帕。

八

十月间，我坐船去魁北克。十一月，我在新罕布什尔州的贾弗瑞时，收到了格卢夫人寄来的一封信，信已开封，破得快成废纸了。我也曾收到过从婆罗洲和爪哇寄来的信，模样比它可强得多。她是托一家不出名的小书店转寄给我的，那家书店开在巴黎的一条小街上，她在那里买到我的一本书。（我琢磨，她年轻那会儿，所有的书商也都出版书籍。）这封信在三家出版社转过手，里面的一部分内容已经丢失。格卢夫人在她的信里说，她随信“附上我舅父居斯塔夫·福楼拜致乔治·桑的亲笔信一封——我想大概是1866年写的。我认为它会使您高兴，而我也十分乐意把它寄赠给您”。

这份附件被人拿走了。我对这一损失深表遗憾，主要还因为我担心它给格卢夫人带来痛苦。不过我还是给她去信，坦诚地告诉她，她认为我应该拥有一封她舅父书简的意愿，意义大大超过我确实占有它这一事实。不过，不管怎么解释还是难以把话说圆，所以我一直拖着直到十二月下旬才把信发出。此后我再也没有收到她的信。

第二年的二月，我在巴黎的几个朋友寄给我从《辩论报》上剪下来的一条消息，里面说：

弗兰克林·格卢夫人逝世

我们悲痛地获悉，弗兰克林·格卢夫人在短期病痛后已在昂蒂布逝世。

弗兰克林·格卢夫人系居斯塔夫·福楼拜之甥女，她在传播与宣传其舅作品上起过很大的作用，她是抚养与教育了自己的那位伟大的小说家的遗嘱执行人，她出版了舅父的书简集，这些书简向我们显示出福楼拜的创作主张和他顽强的一生，这是研究他的文学气质的极为珍贵的资料，她也使《布代尔与佩居谢》得以问世。……弗兰克林·格卢夫人是一位极有魅力、极为杰出的女性，对朋友极其挚爱，她直到一生的最后岁月仍保持着一位世上罕见的机智女性的聪慧与善良禀性。

[加]法利·莫瓦特

法利·莫瓦特（Farley Mowart，1921— ）

加拿大作家，第二次世界大战期间服过兵役，曾在北极地区住过两年。他的第一部作品《鹿的人民》（1952）因谴责政府官员和传教士给爱斯基摩人带来灾难而引起争议，其续篇《绝望人民》（1959）态度缓和，但缺乏第一部作品那种对一个文化及生命都受到威胁的民族的理解和同情。莫瓦特写有大量关于加拿大北部地区濒临灭绝的物种和航海探险的书，以其为年轻人创作的书最为成功，其中包括《荒野迷途》（1965）、《瓦伊金坟墓的诅咒》（1974）等。其叙述才能在他对童年追忆的作品中表观得最为出色。这方面的作品有《不愿尽职的狗》（1957）、《家里的猫头鹰》（1961）和《不愿漂浮的船》（1964）。这些作品轻松幽默，《不愿漂浮的船》获利科克幽默金奖。莫瓦特主张既不让事实妨害创作，又不能为达到某种目的而杜撰情节。他称自己的小说为“主观非小说”。在本文中，他运用诗一般的语言、生动形象的词汇和隐喻对比等修辞手法，描写雪对人类的贡献与危害和不同时代、不同地区的人对雪的不同看法。

雪

人类在幼年时期便已认识到有几种基本力量支配着这个世界。希腊人生活在温暖的海洋岸边，他们认为这基本元素是火、土、风和水。最初，希腊人的生存空间较为狭小与封闭，他们对第五元素并无认识。

大约在公元前330年，一个名叫皮西亚斯的爱漫游的数学家做了一次奇异的航行，他北行到冰岛并且进入了格陵兰海。在这里他遇到了莹白、凛冽却极为壮观的第五元素。他回到温暖、蔚蓝的地中海世界后，费尽力气地向国人描绘他所见到的景象。他们断定他是在胡说八道，因为尽管他们有丰富的想象力，却怎么也设想不出这种偶尔薄薄覆盖在诸神居住的山顶上的白色物质有什么神奇的伟力。

他们未能认识雪的巨大力量不能完全怪他们。我们这些希腊人的子孙在理解这一壮观上也存在着同样的困难。

我们脑子里的雪的图景又是怎么样的呢？

那是在蓝黑夜色中在雪橇铃声伴奏下圣诞节梦境的温馨。

那是我们有急事要赶路偏偏遇上车轮打滑空转这样的尴尬局面。

那是冬夜里一位女士睫毛上倏忽闪现的挑逗的微光。

那是郊区主妇把湿透的雪衣从淌鼻涕的小孩身上剥下来时那无可奈

何的神情。

那是老人忆起童年下雪时迷蒙的眼睛里所泛现的欢乐的异彩。

那是一幅俗气的电视广告片，劝你饮用太阳谷雪堆上的一瓶可口可乐。

那是树冠洁白的森林深处无比寂静时的那种高贵与典雅。

那是滑雪板飞驰时碾压出的清脆碎裂声，也是摩托雪橇喷出的狺狺拌嘴声。

对我们来说，雪就是这些，当然还会有别的相关图景，但它们都仅仅触及这个多面体万花筒般复杂多变的物体表面的现象。

在我们这个星球上，雪是一只因自身分解而不断再生的不死鸟，它也是银河系里的一种不消亡的存在。在外层空间某处，一团团无比巨大的雪结晶体与时间一起飘荡，在我们的世界形成前很久便已如此，在地球消失后也不会有变化。即便是最聪明的科学家和眼光最敏锐的天文学家也不得不承认，这些在无垠空间里闪光的结晶体与某个 12 月夜晚从静静的天空落到我们手心和脸上的东西，并无任何区别。

雪是在窗玻璃上短暂停留的一个薄片。然而它也是太阳系的一个标志。当宇航员仰眺火星时，他们所见到的是一个单色的红红的球体——它那两个端顶除外，在那里发亮的覆盖物朝赤道地带延伸过去。正像羚羊在暗褐色草原上扭动它白色的臀部一样，火星是用它的雪原反照我们共有的太阳的强光，通过外部世界表明自己的存在的。

地球何尝不是这样呢？

当第一个星际航行员朝太空深处飞去时，他将注意到随着地球往后退缩，我们海洋、陆地的蓝绿色将逐渐消失，但地球隐去前的最后信标将是我们的南北极这两个日光反射器。雪在宇航员远望的眼中将是最后见到的一个元素。雪也将是来访的外星人最先可以瞥见的我们地球上的一个闪光体——如果这些人有可以看东西的眼睛的话。

雪是晶状微末，在星际间简直渺不足道。可是在地球上它却以另一种面貌出现，它成了至尊的巨人。在南方，整个南极洲大陆处在它的绝对控制之下。在北方，它沉甸甸地盘踞在山岭峡谷间；而格陵兰这样的次大陆岛屿实际上完全由它覆盖，因为冰川也无非是雪的另一种形态。

冰川是降雪过程中诞生的。雪纤细、柔软，几乎没有分量……可是它不断降落却始终没有融化。年复一年，许多个世代、许多个世纪过去，雪还是不断降落。没有分量的东西这时候有了重量。这波浪般起伏的白色弃置物似乎没有变化，可是在它寒冷的深处结晶体变形了——它们的结构起了变化，结合得更加紧密了，终于成为黝黑的、光度较小的冰。

在地球最近的地质纪里，有四次，雪这样不断地降落在美洲、欧洲与亚洲大陆的北部。每一次，雪都使几乎半个世界的面貌起了变化。犹如复仇女神，一股股足足两英里厚的冰川从中央高处朝外流淌，蹭擦地表，剥去上面的生命与泥土，在原始岩上留下深深的伤痕，简直把地球的石质表皮削去好几百英尺。雪还在降落，轻轻地，始终也不间断，不知多少万吨的海水从大洋里消失，它们被封冻在冰川里；而海洋则从大陆岸边朝后退缩。

在人类认识的自然现象中，没有哪一种在破坏力上能超过冰川，最强烈的地震也无法与之相比，海啸掀起的惊涛骇浪在它面前是小巫见大巫，飓风更是不值一提，喷吐烈焰的火山爆发也显得黯然失色。

冰川是雪的宏观形态。然而作为微观形态的雪却又是超凡脱俗的美的象征。人们常说没有两片雪花完全一模一样，事实上的确如此。不管是多少年前落下的还是在遥远的将来会落下的，世界上每一片雪花在结构与形态上都是一个独一无二的创造物。

我知道有这么一个人，他将自己的大半辈子都用在研究这种转瞬即逝的奇迹上。他盖了一座奇特的房屋，装置有恒冻而不是恒温的设备，房子的屋顶上有一个开着的口子。逢到下雪的白天与黑夜，他就独自待在这冰冷的屋子里，用预先冻上的玻璃去承接落下的雪花，并赶紧用放大的镜头把他们拍摄下来。对他来说，这变化无穷、永不重复的第五元素就是美的化身，是顶礼膜拜的对象。

我们当中，和他一样拥有这种近乎中世纪狂热的人不多。事实上，现代人已变得麻木不仁，对这第五元素开始抱着一种自相矛盾的态度了。虽然我们会以怀旧的心情忆起童年下雪时的往事，但我们开始越来越讨厌雪了。我们控制不了雪，无法按自己的需要改变它。对我们祖先的自然世界无害有益的雪能在我们建造的机械化世界里产生混乱。降落在纽约、蒙特利尔、芝加哥的一场大雪能使城市陷于瘫痪；在冻结的城市的周遭，它使我们的公路梗阻，火车停驰，飞机停飞，电线、电话线断裂，即便是一场不太大的风雪也会带来巨大的不便——如果车毁人亡，殡仪馆老板顾客盈门能算得上是不便的话。

没准我们还会变得更不喜欢雪呢。老人常聊起旧时美好的冬天，什么雪一直堆到屋檐那么高啦，雪橇在齐树巅的雪上滑行啦，这可不完全是无稽之谈。100 年前这样的情况并不稀奇。可是 20 世纪以来，我们的气候在或升或降的周期性变化中出现了一个变暖的趋势，也可以说是回升（从我们的观点看）。这说不定只是一个短期的变化，紧接着很可能是一个下降的趋势。到那时，在这个结构脆弱的人工世界里，我们这些可怜虫又安在呢？我们还会喜欢雪吗？很可能听到这个词儿我们就会骂不绝口呢。

不过，那样的时刻来临也还会有人活下来并且不为这温柔却又无情的降落物所困扰。他们是真正的雪的儿女。

他们只是生活在北半球，因为南半球的雪区——南极洲——不适合人类生存，除非配备有快赶上宇航员那样的全套设备。雪的儿女环绕北极居住，他们是阿留申人、爱斯基摩人、北美的阿萨巴斯卡族印第安人、格陵兰人、拉普人、奈西人、楚克奇人、雅库特人、由迦吉尔人以及欧亚大陆和西伯利亚其他族的人。

我们这些闭塞在自己的机械时代里的人沾沾自喜，满以为这些人不掌握我们高明的技术，必定是挣扎在生存线上，面临严酷的生存斗争，不知道“人类潜能”为何物。僵死地相信技术能带来健全的生活方式的人也许难以理解，我个人的经验可以证明，这一点对于许多雪的儿女并不适用。在我们从自己的贪欲和妄自尊大出发去干涉他们的事情之前，他们大抵上生活得并不错。也就是说，他们活得心安理得，跟别人和平相处，与环境和谐协调，能舒心地笑，可以尽情地爱，对普通衣食感到满足，从出生到死亡都怀着一种自信自豪的心态。

那时候，雪是这些民族的盟友。雪是他们的保护神，是帮他们避开严寒的庇护所。爱斯基摩人用雪块垒成整幢住房。当点起简单的动物油脂灯时，室内就有了宜人的温度，尽管风在外面呼啸，水银柱降到零下50多摄氏度。严严实实的雪提供了近乎完美的御寒材料。雪比木材更易于切割，也很容易修削成任何形状。雪搬起来很轻，如果用得恰当也很结实。一座内径 20 英尺、高 10 英尺的雪屋两个人在两小时内就能盖成。有特殊需要时爱斯基摩人常建造直径 50 英尺的雪屋，而且让好几座连接在一起，这就成了名副其实的雪厦了。

所有雪的儿女都以这种那种方式把雪用作自己的庇护所。如果他们是住木屋的定居民族，到冬天他们便在屋子四周垒起厚厚的雪墙。有的民族在雪堆里挖个洞，头顶支上驯鹿皮。只要有足够的雪，最北边的民族很少会受到严寒的侵袭。

雪也使他们的交通系统得以建成。有狗和驯鹿拉的雪橇，还有雪靴与滑雪板，他们几乎任何地方都可以过去，整片雪国成了个四通八达的公路网。他们的速度也不慢，狗队或驯鹿队一小时能走 20 英里，一天走上 100 英里是件轻轻松松的事。

雪使人们得以移动，雪又使猎物的行为有所变化——在其他条件不变的情况下，这就保证雪的儿女不至于挨饿。在北冰洋的冰块上，雪的遮掩给了海豹一种虚假的安全感。它们在冰上留了通气孔，上面覆盖了一层薄薄的雪。楚克奇或爱斯基摩族的猎人发现这样的地方，在一边等待，直到看见一根长齿或树枝刺出，泄露了秘密。于是猎人便狠劲将长矛朝下面看不见的动物刺去。

在有林木的地区，驼鹿、麋鹿被厚厚的积雪“圈”在了几个狭小的地区里，变得跟牛栏里的牛一样易于宰杀。更为重要的是，所有的动物，除了空中飞的和在雪底活动的以外，莫不在雪面上留下踪迹。初雪将大地覆盖后，从大熊到小野兔，全都变得易受猎人的袭击。

雪的儿女像了解自己一样地熟悉雪。近年来，不少科学家投身于研究这第五元素，并非出于科学上的兴趣，而是因为我们神经紧张，情愿来自北方的灾祸快点降临，或是因为担心说不定会打一场雪地大战。科学家投入大量时间与金钱，试着去区别无数种形态的雪花，并给他们起名字。这完全是多此一举。爱斯基摩人用来表达雪的种类与形态的复合词就不下 100 个，拉普人的也不相上下。住在西伯利亚北冰洋边的养驯鹿为生的尤卡吉卡尔人对雪面瞥上一眼，便能说出表层雪的深度、坚实度以及其中结冰部分的多少。

雪沉甸甸地压在大地上时，这些北方人心里好高兴。他们在秋季欢迎初雪，到春天则为雪的消失感到遗憾。雪是他们的朋友。要是没有雪他们就无法生存，或是——这在他们看来更加糟糕——早就被迫流落南方，挤进我们的行列，为自己也茫然的目的而营营奔逐。

今天，在某个地方，雪正在降落。它可能稀稀拉拉地筛洒在寒冷的沙漠上，将一层白粉屑撒向闪米特语系某个游牧民族的黧黑、仰视的脸。对他们来说，这没准是个神谕，反正肯定是个征兆，于是他们感到敬畏，打着寒战，若有所悟。

雪也许正席卷过西伯利亚冰冻的平野或是加拿大的大草原，把夏季的地理标志统统毁去，使弯刀形的雪堆越积越高，堵住了农舍的门窗。在屋子里，人们只好耐心地等待。暴风雪肆虐时，他们休息；暴风雪过后，他们再开始干活。到春天，融化的雪水将滋养黑土里蹿出来的新苗。

在静静的夜晚，如席的雪花也许正飘落在大都市的上空，它在爬行着的灯光里旋出一个个让人眼花的圆锥体，它掩埋着现代人在大地上留下的伤口，为难看的脓包遮去一些丑。孩子们盼望雪通夜别停，好让早晨没有班车、街车和家里的小轿车送这些小可怜去上学。可是大人却耐心地等着，因为若是还不快点停下，雪就会破坏第二天生存模式为他们制定的错综复杂的设计蓝图。

雪也许正急遽地掠过蜷缩在北极苔原某处山岩下的一堆帐篷。逐渐逐渐地，雪拥抱住一群把鼻子塞在毛茸茸尾巴里在睡觉的狗，直到把他们全都盖住，可它们睡得挺暖和。在帐篷里，男人女人笑了。明天，雪没准会够深够厚，这样他们就可以不用帐篷；雪屋讨人喜欢的圆顶会再次矗立，把冬天变成一段满是愉悦、歌声、闲暇和爱恋的时光。

在某处，雪正在降落。

[美]威廉·福克纳

威廉·福克纳（William Faulkner，1897—1962）

美国意识流文学代表作家，1949 年诺贝尔文学奖得主。他最为人熟知的诸多长篇和短篇小说讲述了发生在虚构的约克纳帕塔法县的故事，被称为“约克纳帕塔法世系”。代表作有《喧哗与骚动》《我弥留之际》《押沙龙，押沙龙！》等。

密西西比

密西西比发源于田纳西州孟菲斯一家酒店[①]的大堂，朝南伸展，直抵墨西哥湾。它一路上为一些小镇所点缀，那里游荡着马匹与骡子的幽灵。早年间，这些骡马总是给拴在县法院四周那一个个拴马桩上的；而且几乎可以说，这条河只有那两个方向，也就是北和南，因为就在几年前，你都无法走水路朝东朝西行进，只能靠徒步或是骑骡马；即使是在那孩子的少年时期，要去距离三十英里的东边或是西边毗邻的县城，都是非得朝三个方向，顺着不同的三条铁路，坐上九十英里的火车，方能到达。

最初，那儿是一片荒野——往西，沿着那条大河，是一片片淤积的沼泽地，由一条条黑黢黢、几乎纹丝不动的臭水沟镶边，这里密不通风，长满了芦苇、藤蔓、柏树、梣树、橡树与橡胶树；往东，是阿帕拉契亚山脉逐渐消失处，是野牛在那里啃啮青草的阔叶林山脊与大草原；往南，是长有松树的贫瘠土地，那里还有挂满苔藓的栎树和面积更大、地更少

① 据卡尔文·S.布朗（Calvin S. Brown）的*A Glossary of Faulkner's South*一书称，这家酒店指的是Peabody Hotel，这是孟菲斯市最豪华的一家酒店。密西西比河自然并非起源于此处。福克纳这样说可能与他起念写这篇文章于该处有关。

水更多的沼泽，处处潜伏着鳄鱼与水蛇，日后，路易斯安那州将在这里开始形成。

在这里，最初出现的是携带着简陋器具匍匐前进的先民，他们垒起了土墩然后就消失湮没了，只留下了土墩。在这些土墩里，接踵而来有史可稽的阿耳冈昆族裔会留下他们战士、酋长、婴儿和猎杀的熊的头颅，瓦罐的碎片和斧头、箭镞，偶尔还会有一只沉甸甸的西班牙银马刺。那时，成群麋鹿不加警觉地如烟雾般飘忽而至，在矮树丛里和溪谷的底部，则有熊、狼、美洲豹以及各种小一些的动物——浣熊、负鼠、河狸、水貂和沼鼠（不是麝鼠，是沼鼠）；20世纪初，这些兽类仍在那儿出没，有些地方仍未开发，当时，那男孩自己也就是在这地方开始打猎的。但是，除了偶尔在某张白人或黑人的脸上可以寻见印第安人的一些血统，奇克索人、乔克托人、纳齐兹人和亚祖人都如先民一样迁走了，现在和男孩一起匍匐前进的是沙多里斯、德·斯班和康普生家的后裔，这几个家族曾经指挥过马纳萨斯、夏普斯堡、夏洛、奇克莫加这几个团，匍匐前进的人中还有麦卡斯林、艾威尔、霍尔斯顿与霍根贝克家的后裔，这几个家庭的父辈祖辈曾经充当过那几个团的兵员，匍匐的人里偶尔也会有个把姓斯诺普斯的，因为到20世纪初，斯诺普斯家的人已经是无处不在了：不光是站立于开设在湫隘小街主要由黑人光顾的小铺的柜台后面，而且也坐在银行董事长办公桌、食品批发公司经理办公桌的后面，身居浸礼会教堂的执事席中，他们买下许多所摇摇欲坠的乔治式住宅，把它们分隔成一个个可以单独出租的套间，而在自己弥留之际，又立遗嘱将加出来的披屋与洗礼盆捐献给教会，好让大家记得他们，不过这也许纯粹是出于恐惧。

他们也参加打猎。他们也进驻打猎营地，在那里，德·斯班、康普生、麦卡斯林和艾威尔家的人按门第的高低次序当头儿，他们射杀母鹿，既不管法律，也不管头儿说这样干是要不得的，他们射杀母鹿甚至都不是因为需要鹿肉，他们把肉扔下，由森林里的食尸禽兽来享用，他们之所以屠杀，只是因为母鹿躯体大、会移动，是样稀罕物件，与湫隘街巷的小铺及那里的蝇头小利相比，是更早时代的产品；男孩如今已长大成人，论资排辈当上了营地的头儿，现如今他得操心，不是为猎物越来越少、地盘越来越小的原始森林，而是为姓斯诺普斯的那伙人，他们正在把留下的不多的东西毁灭殆尽。

他们选举比尔波家的人并且不遗余力地为姓瓦达曼的人拉票，在这两人下台后又推举他们的儿子上台。他们的出发点是对黑人的刻骨仇恨、恐惧以及经济上的冲突对抗，那些黑人紧挨着他们的地块种着不大的田地，因为黑人记得自己根本未曾获得自由，因此能够珍惜已经得到的那些，去斗争以保留住不多的那一些，并且教会自己如何凭借不多的东西去获得较多的东西——花不多的钱，吃不多的食物，用较少较差的生产工具来种植较多的棉花。一直要到姓斯诺普斯的逃离农田进入湫隘支街上开设的小铺，他才能不再与黑人在耕作上较劲，在小铺里，他可以不再紧挨着黑人生活，却可以依赖他们为生，靠以次充好，抬高价格，把劣质的肉、粮食、糖蜜卖给黑人，黑人反正是连价码上的数字都认不得的。

最初，那个过时的人第二天还要遭到已经过时的人的剥夺：那个原始的阿耳冈昆人——也许是奇克索人、乔克托人、纳齐兹人和帕斯卡戈拉人——他从密西西比河旁高高的悬崖绝壁上往下俯望，盯着一艘载有三个法国人的奇珀瓦独木舟——这印第安人几乎来不及旋过身子看背后有一千个西班牙人从大西洋那边横穿大陆而来，他还余下一点时间有幸看到各种外族人交替进进退退，速度快得像魔术师手中那些转瞬即逝的纸牌：法兰西人待了一秒钟，接着西班牙人待了大约有两秒钟，然后法兰西人又待了两秒钟，接着又轮到西班牙人了，然后又是法兰西人了，他们在这里还没来得及吸进最后的半口气，盎格鲁－撒克逊人又来了，他们是要在这儿待下去，死活也不走的了：那个高高的汉子，高声吟诵新教经文，散发出浓浓的威士忌酒气，一只手里捏着《圣经》和酒壶，另一只手里，让人想象不到的是，竟握着一把印第安战斧，他吵吵闹闹，脾气暴躁，对女人倒是百依百顺，还主张一夫多妻：可以说是个结过婚却不屈不挠保持着独身的男人，他只知行进，却不明白目的地在哪里，让他那腆着大肚子的老婆、丈母娘的大半个家庭紧随在他的身后，进入连车辙都没有的荒野，让他的孩子在树丫支着的来复枪后面呱呱坠地，在他们再次出发之前又让老婆怀上另一个，与此同时，还把他永不枯竭的其他种子撒在三百英里黑黢黢的腹地里——也同样是既不贪婪，又无热情与预谋——他砍倒一棵需要二百年才能长成的树，仅仅为了把一只熊撵下来或是往帽子里盛满野蜂蜜。

他活了下来，即使在他自己也成了过时人物之后，在弗吉尼亚与卡罗来纳种植园主的小些的儿子们[1]前来取代了他之后。他们是赶着大车来的，车中满载着黑奴与靛蓝种子，走的倒仍然是他当年用印第安战斧（他也没有其他工具可用）砍伐出来的道路。接着，有人给了某位纳齐兹巫医一颗墨西哥棉花种子（没准里面已经潜伏有棉虫了，因为这害虫

① 按照当时的习俗，产业由长子继承。小些的儿子得离开老家另打天下。

跟斯诺普斯家族一样，也是把南方整片土地全都占领了的），从而改变了密西西比的面貌。奴隶们现在很快把处女地清理出来——那里当时（1850年）仍然出没着默雷尔、梅森、黑尔和哈普两兄弟[①]的幽灵呢——使它变成能生财致富的种植园，而那个已经过时、被取代的人，对这片土地所打的主意，仅仅是打几头熊和鹿，弄些蜂蜜甜甜嘴巴而已。可是他仍然留了下来，仍然好歹活着，甚至一直到那男孩进入中年，他仍然待在那个地方，住在不断缩小的原始森林边缘处的一所由原木、木板或铁皮搭成的小屋里，完全是靠着种植园主的容忍，有时甚至是慷慨大度，才能赖在这儿，对于他们来说，尽管他桀骜不驯并维持着某种程度的尊严与独立性，实际上也只是个会阿谀奉承的无赖而已，如今熊与美洲豹已基本上绝迹，他打的便是浣熊和沼鼠了，他仍然暴殄天物，仍然会放倒一棵有二百年历史的老树，虽然如今树上只有一只浣熊或一只松鼠了。

时间到来时，他参加进去，不是进马纳萨斯和夏洛团，而是加盟非正规的帮派团伙，这些帮派团伙并不忠于任何人与任何目标，之所以纠集在一起仅仅是为了一件事、一个目的，那就是从联邦纠察线那里盗窃马匹；他们是抓空当干这件事的，主要的时间还是用在袭击（或打算袭击）种植园上，那些房子就属于他原来通过几句阿谀奉承的花言巧语得以投靠的种植园主，而且一旦战争结束，假如老爷会从他在夏普斯堡或是契克莫加的少校、上校或是别的任何什么军职上退役回来的话，他还是会去投靠的；他打算袭击种植园，那就是说，在少校或是上校的妻子、姑妈姨妈、丈母娘（她们把银器埋藏在果园里，庄园还留下了几个上了

① 这几个是当时在这一带横行不法的歹徒。

年纪的黑奴）阻止他并把他赶走之前，必要时这些女眷甚至会朝他开枪，用的是离家的丈夫、侄子、外甥或是女婿所留下的猎枪或是决斗时用的手枪——这些女人，她们才是不屈不挠、没有被征服、从来不投降，她们不让人把北军的流弹从走廊柱子、壁炉架或是窗框里挖出来，也正是南方的女人，在七十年之后，在看电影《乱世佳人》时，一听到谢尔曼[①]的名字，便会站起来退出影院；她们仍然是不可妥协、怒气难消的，仍然对这事说个没完，其实打了败仗的疲惫不堪、心灰意懒的男人早就连叫她们闭嘴都懒得说了。即使到了那男孩的时代，早在他记得别人大谈圣诞老公公之前，他自己就已经对维克斯堡、科林斯如数家珍，也知道第一次马纳萨斯战役中他祖父所在的团驻扎在何处了。

在那些日子里（1901、1902、1903和1904年），圣诞老公公只在圣诞节那天才出现，可不像现如今，在一年的其余日子里孩子们都能玩他们找得到的、想得到的或是做得到的一切，虽然他们也跟今天，跟1951、1952、1953、1954年一样玩，仍然是模仿展示在他们面前，让他们听到、看到或是最受震动的那些事，只是规模缩小了许多而已。我们笔下的这个孩子的时代背景和实际情况正是这样的：那些不屈不挠、永不言败的老太太在三十五和四十年之后仍然抱成团，还有为数不多的几个干家务活的老黑奴，也是女的，她们像白人老太太一样，拒绝、坚决不放弃旧的生活方式，不愿忘记古老的痛苦。那孩子就记得她们当中的一个：卡罗琳，解放那么多年了却仍然不肯离去。她也始终不愿意在星期六收下她一周的全部工资，这家人始终也弄不懂她干吗非得这样不可，

① 谢尔曼（William Tecumseh Sherman，1820—1891），美国内战时北方将领。

唯一的解释只能是：她仅仅是乐于让全家人经常记得，她可是他们的债主，她迫使孩子的祖父接着是孩子的父亲最后是轮到孩子自己，不仅得当她的银行家而且还需为她管账，不知怎么搞的“八十九”这个数字进入了她的脑子，虽然这个数字也会起变化，有时候多些，有时候少些，有时候一连好几个星期她自己又会成了欠债的一方，但这样的情况倒是始终不会改变的：说不定什么时候，大抵是家里大部分人聚在一起吃饭的时候，会有个小孩，白皮肤的或者是黑皮肤的，跑来带上这样的口信：“大妈说让你别忘了还欠着她八十九块钱呢。”

即使在那时，对于那个孩子来说，这黑妇人好像已经比上帝还要老了，她管他的祖父叫“上校”，但是对孩子的父亲、叔叔、姑姑，则除了他们的教名之外，别的什么都不叫，即使他们自己也都已经当了爷爷和奶奶：卡罗琳自己也当了祖奶奶，下面的子孙有二十个之多（此外大概还有十个她也记不得了，或是先她而死了），其中之一也是个男孩，到底是曾孙或者仅仅是孙子连她自己都弄不清了，那是和我们的这个白人男孩在同一星期出生的，起了同样的名字（用的是白人孩子祖父的名字），都吃同一对黑色乳房的奶，睡在一起，吃在一起，玩也在一起，玩的游戏要算是那个白人孩子当时所知道的最最重要的事情了，因为在四岁、五岁和六岁时，他的世界仍然是一个女性的世界，他记忆中就没听说过还有别的方面的事情：用几个空卷轴、一些残渣碎片和小树枝，再挖出个小沟，里面灌上些井水权当是那条大河，一次又一次地玩微缩的战争游戏，打那几场无法挽回的战役——夏洛战役、维克斯堡战役以及布赖司十字路口战役，那个路口离孩子（两个孩子）出生地不远，那孩子因为自己是白人，便硬要当邦联军的将军——彭伯顿、约翰斯顿或是福雷斯特——反正他当两回，黑孩子当一回，要是三回还轮不上的话，黑孩子就压根儿不跟他玩儿了。

说的不是那个高个子男人的事，他仍然当他的猎人，当他的森林之子；也不是那个奴隶的事，因为他现在是自由人了；而是说那颗墨西哥棉籽，是某个人给了纳齐兹巫医的，它现在快快地为自己清理好土地，犁开地面，那上面覆盖着东部大草原的牛草和中部丘陵地带沟底河床的荆棘与芦苇，并且把那条大河，也就是老人河边上三角地带整片整片的淤积土变成干地：人类筑起尽可能长的堤坝，时间尽可能长地把大河挡开以播种和收获庄稼：不过人类在旧的河床里把它阻拦一英尺，它就会在新的领域里开拓出另外的一英尺：于是装载了打成包的棉花运往孟菲斯或新奥尔良的汽轮便仿佛是径直朝天上爬去似的。

另外也还有小一些的轮船在小一些的河流里爬行，它们沿着塔拉哈奇河直抵杰弗生北边的怀利渡口。不过从那个地段以及东边一些的地段运棉花并不能得到经济回报，从那里运更便捷的走法是继续往东去到通比格比，然后往南去到莫比尔，然后走陆路用骡车拉到孟菲斯；怀利渡口的一处悬崖绝壁上有一处驿站—— 一座乱七八糟的小客栈、一家铁匠铺和几间东倒西歪的小木屋——正好在从杰弗生出发或是继续行进的一辆或一队装了棉花的大车必须要停下来过夜的那个地方。或许连小客栈都算不上，不如说是个兽窟，里面的居民白天无影无踪，他们隐匿在河床的荆棘矮树丛里，只是在晚间出来，而且也只是在打尖的赶棉花大车的车夫毫无戒心地坐在炉火前时，他们才短暂地出现在客栈的厨房里，于是车夫、大车、骡子和棉花便会统统不见：尸体没准给扔进了河里，大车一把火烧了，骡子几天或是几星期后在孟菲斯一处牲口市场被卖掉，而身份不明的棉花则已经走在去利物浦棉纺厂的路上了。

与此同时，在杰弗生十六英里之外，有一个前斯诺普斯时期的人，其实是高个子男人里的一个，事实上就如巨人一般：这是个虔诚的未获神职的浸礼会牧师，但他热衷的不是梦寐以求要进入天国乐园，甚至也不主张有什么统一圣职的做法，更反对用大写的“O”[①]字来标明，他只主张简简单单地让公民的安全得到保障。每一个人都警告他别上那儿去，因为他不仅什么都不能完成，他试着去做时还很可能丢掉自己的性命。可是他却去了，单身一人，不宣讲福音也不提上帝甚至都不说道德的事，而光是挑选那里个头最大，最凶狠，一看就知道是最为歹毒的人，对这人说：“我要跟你打架。要是你打败了我，你可以把我身上的钱全都取走。要是我打败了你，那我可要给你洗礼，让你入教。”接下去便把那人打败，揍得体无完肤，让他改邪归正，变得老老实实，然后再挑战下一个个头最大、最为凶狠的人，接着又收拾再下一个；下星期天来到时，他已经把河边整个无法无天的地区收编进教会了，从此棉花大车可以靠人力船只摆渡过怀利河，安全通过并毫无阻挡地直达孟菲斯了，一直到铁路通行，火车开来从大车上载走一包包的棉花。

那是70年代的事。黑人现在是自耕农与政治上的实体了；有一个黑人，连自己的名字都不会签，却在杰弗生当上了联邦警察局局长。后来，他成为镇上正宗的私酒贩子（密西西比州和缅因州一起，是最早从事这一高贵试验的地方里的一个），而且也恢复了——他从来就未真正割断过——对老主人的忠诚，并且从一棵巨大的老树那里取到了自己做生意时

① 代表“order”一词，“圣职”之意。

用的姓——马尔伯雷（桑树），那棵树矗立在哈伯瑟姆大夫的药店的后面，在树根之间那些包厢般的一个个地洞里，他藏匿他商业上的瓶装货物。

很快，他（那个黑人）在经济竞争中甚至会领先斯诺普斯家族，这个家族即将把成群的族人打进三K党——不是内战混乱、无望的结束阶段那个老的、原始的组织，以当时无望的时代背景来衡量，那至少是个有自己无望目的的诚实、严肃的组织，而是一个20年代沿用了老名称的后来出现的卑劣组织，它与老组织的共同点也就是那个名称了。此时，地方上出现了用很少的钱修铁路的事，引进的是1966年当过“毡包客”[1]的一个人，此时他已然是规规矩矩的公民了；他的子孙日后将用一种柔软的、不发辅音的黑人腔调说话，就跟父母从约翰·史密斯上尉的时代起便生活在波托马克河与俄亥俄河以南的那些孩子一样，这些孩子总是要吹嘘自己的南方遗产。在杰弗生，便有那样的一个人，他姓雷蒙德。他找来了资金，而沙多里斯上校则用这笔资金修起支路，和从孟菲斯到大西洋的主路连通了起来，从而使本地的棉田走向欧洲——这是一条窄轨，跟玩具似的，有三辆小机车头，也跟玩具似的，以沙多里斯的三个女儿的名字命名，每个机车头的油罐上有一块银牌，分别刻着三位小姐的教名。那些标准规格的货车在枢纽站上像玩具似的被千斤顶顶起，然后落放到窄轨上，此时，小火车头被它拉的货遮盖住，让人看不见，因此，一辆辆货车是以这样的程序出现的，在它们为之服务的棉田里被一股傲慢的羽毛状的黑烟和一声傲慢的汽笛发出的尖叫，拉扯着往

① 毡包客，carpetbagger，拎毯制手提包的投机家（指美国内战后重建时期到南方去投机的北方人）。

前行进——那个雷蒙德，在一场不可避免的争吵之后，终于开枪把沙多里斯打死在杰弗生的一条街道上，他之所以做出这样极端的事，大家相信，是因为傲慢与不宽容，也正是因为这同样的傲慢与不宽容，才使沙多里斯上校那个团的官兵在第二次马纳萨斯和夏普斯堡之役后的秋季选举时把沙多里斯从上校的职务上拉了下来。

因此，现在陆地上有了铁路；原来得坐马车去大河码头乘轮船并按老习俗去新奥尔良度蜜月的新婚夫妻，如今便可以搭乘火车上几乎任何地方去了。而且很快这儿也有了普尔曼式卧车了，一路从芝加哥和那些北方城市开过来，那里有的是钞票现金，使富有的北方人能舒舒服服地南下，而且是认真地开发起这片土地来了：用他们北方佬的金元在南方松木林地带开设了巨大的伐木场与工厂，也使五十年来都没有任何变化的由小村落组成的小镇一夜之间发达起来，在一片星星点点般布满树桩的荒瘠土地上膨胀成大都市，这里本来会一直荒下去的，除非当地人出于简单的经济垂死挣扎，自己学会了种植松树，一如在其他地区人们已经学会了种植玉米、棉花一样。

在三角洲上也出现了北方人开的伐木场：现在是20年代中期，在三角洲，棉花业还有伐木业都很蓬勃。但最为蓬勃的还是金钱本身，金钱滋生出一种穴居人，而他又繁衍出一对双胞胎的穴居人：欠债与破产，这三者如此迅速地让金钱在这片土地上大逞淫威，现在的问题变成了如何在它旋风般使你窒息之前赶快将其摆脱掉。直到出现某种几乎像是自我保卫的手段，不仅是为了有地方可以花钱，而且还为了把单纯要花掉的钱所衍生出的钱可以赌掉，在七八个较大一些的三角洲地区的镇子里形成了一支棒球联队，很快，它就同样四出远征——而且也大获成功——对投球手、游击手和费劲的外场手来说都是如此，就像那两个主力联队一样，那个男孩，现在已经是个青年了，与这个联队以及一家北方人开的大伐木公司关系都很熟，不仅是凑巧跟这两者都熟，而是因为跟一家熟了自会促使他跟另一家也熟悉起来。

此时，那个年轻人的心态与世界上大多数别的年轻人的心态是一样的——这些年轻人在 1917 年 4 月正好是二十一岁光景——虽然间或他向自己承认他也许用那天自己十九岁这件事作为借口，认为自己应该做自己喜欢做的事，他正越来越清楚，这还将永远成为他真正的正业，那就是：当一名流浪汉，一个与世无争、一无所有的漂泊者。反正，他已经足够成熟，能和一个律师交上朋友了，早先，这律师住的镇上，一家伐木公司正好想消消停停地宣布破产，这位律师被委派为破产事宜的仲裁人：这人的家庭和那年轻人的家庭素来相稔，他比年轻人稍大几岁，可是却喜欢上了这年轻人，于是便邀请年轻人搭乘自己的车子出游。他正式的身份是充当译员，因为他略通法语而那家快要倒闭的公司恰好与欧洲有些关系。但是从来没见他干过什么翻译工作，因为这名随员并未被派去过欧洲，他去的倒是孟菲斯一家酒店的某一层楼，在那里的所有人——包括那位翻译——都有特权可以签个字便免费取得食品、戏票甚至是私酿的酒（当时田纳西州正值禁酒季），只要那些小厮有本事弄得来，当然不是从几英里外刚过密西西比州界处那几处挤在一起的外表十分老成持重的房子里弄来，那里的轮盘、骰子和二十一点都是要玩就有得玩的。

接着，塞尔斯·韦尔斯先生也突然参加进来了，并且把棒球联盟也随之带了进来。那个年轻人始终不知道韦尔斯先生跟破产有什么关系（如果有的话），他也不真正费心去琢磨，更不用说去关心与打听了，不仅是因为他已经对业余爱好——他知道这是他真正的爱好——培养出了一种noblesse oblige[①]的观念，这作为理由已经算得上是很充分的了，而且还因为韦尔斯先生本人在三角洲已经成为一个传奇了。他是个庄园主，这庄园不以英亩而是以英里来计量，而且被认为是棒球联盟里的一个球队的独一无二的老板，至少是绝大多数球员，肯定包括接手、偷垒的游击手和点三四〇打击的外场手的老板，据说这个外场手还是从芝加哥兽崽队里挖来或是抢来的呢，这个韦尔斯先生一星期七天照例不变的打扮是：两三天都不剪的胡子、一双糊满泥浆的高筒靴以及一件灯芯绒外套，流传的那个故事或是传奇俚说，一天深夜，他就以这副打扮进了圣路易的一家时髦酒店，要开一个由穿晚礼服的侍者伺候的房间，那侍者一见那把胡子、那双沾满泥浆的靴子，不过主要还是看到了那张脸，便说酒店已经全部客满。一听这话韦尔斯先生便问买下这家酒店得多少钱，对方非常傲慢地告诉他，得多少多少万，于是——那故事是这么说的——他从灯芯绒后屁股兜里掏出一沓千元大钞，足够买下开价一个半酒店的，接着便吩咐那侍者十分钟之内把楼里的每一个房间都给他出清。

这自然是启示录般离奇的故事，不过下面这件事倒是那个年轻人亲眼看到的：韦尔斯先生和他某天中午在孟菲斯的酒店里正懒洋洋地吃着早餐，突然间韦尔斯先生记起他私人的打球俱乐部那天下午三点钟就要在六十英里之外的一个小城里进行一场至关重要的球赛，他打电话给火车站，要求三十分钟里准备好一次特别列车，包括一辆机车和一个守车。

① 法文，贵人行事理当高尚。

列车大约三时抵达科厄霍马，那儿离球场还有一英里的路，有个老兄(那个钟点火车站前是不会有出租车的，而且那会儿全密西西比州哪儿都没几辆出租车）坐在一辆脏兮兮但总算还完整的凯迪拉克的驾驶盘后面，韦尔斯先生开口了：

“这玩意儿要卖多少钱？”

“什么？”车子里的那人问道。

“你的汽车。”韦尔斯先生说。

“十二又五十。”

“行啊。”韦尔斯先生说着便去拉车门。

“我的意思是一千二百五十元。”那人说。

“行啊。”韦尔斯先生说。接下去的话是对那年轻人说的：“跳进去。”

“是拦路抢劫吧，先生。”那人说。

“车子我已经买下了。”韦尔斯先生说，自己也爬上了车子。“去球场公园，”他说，“要快。”

年轻人此后再也没有见到那辆凯迪拉克，虽然在接下去的几个星期里，当联队三角旗赛进行得越来越激烈时，他对那机车与守车倒是变得很熟悉了，韦尔斯先生经常调用孟菲斯调车场的这辆特别列车，就像二十五年前住在城里的一个百万富翁头一点随时拦下一辆两匹马拉的出租马车一样，因此在那年轻人看来，他们不定什么时候就要再次朝三角洲另一场棒球比赛冲去，回孟菲斯去消停消停的念头暂时就作罢了。

“我什么时候也该有点发言权的吧？”有一回他说。

“那你就发言吧，”韦尔斯先生说，“就说说这混账的棉花市场明天会有什么走势，这样我们俩都可以不再紧着去追赶这个没一点、没有一点点希望的业余球队了。”

棉籽与伐木场横扫着三角洲其余的地方，把残余的原始森林更深、更深地朝南边挤压，一直挤到大河与丘陵的V字形地带。当那个如今十六七岁的年轻人，初次被允许参加日后他按辈分将成为首领的那个狩猎队时，坐骡子拉的大车去鹿、熊和火鸡满地跑的猎场，走上一天或一个夜晚也就到了。可是现在他们坐汽车去，他们得走上一百英里接着是二百英里，往南再往南，而原始森林已经退缩到亚祖河与那条大河（亦即老人河）的交汇处了。

老人河：也包括所有给它提供水源的被河堤拦起的小支流，它们和大河一起，只要老爷子犯了脾气，便将那些堤坝全然置之不理，它们差不多每一代都涓滴不弃地收集水源，从蒙大拿一直到宾夕法尼亚，让滔滔洪流冲入它的受害者那可怜巴巴、毫无希望的人工内脏，水一点儿一点儿升高，速度倒不算很快，只是很坚决，毫无妥协的余地，留出足够多的时间让人测量它的浪峰有多高并且往下游打电报，甚至还能准确预报几乎是具体到哪一天洪水会冲进屋子，把钢琴冲出去，把墙上挂的照片、图画统统冲掉，如果它跟地面不是联系得非常紧密的话，甚至把房子本身也都冲走。

既无情又是不慌不忙地，洪水泛过一条条给它供水的小支流，把水往它们的河道里挤压进去，以致一连好多天，小河里的水会倒流，往上游涌去，一直要抵达杰弗生还要过去的韦利渡口。小河也筑有堤坝，但偏僻处住的都是单干户：是那个高个子男人的后裔或遗孤之类的人物，现在以务农为生了，还有就是姓斯诺普斯的那些人，他们比个体户还要个人主义：他们是斯诺普斯族人，因此当大河边上那些占地千亩的庄园主团结得像一个人似的和他们的黑人佃户和雇工在用沙包和机器对付灌涌与豁口时，这里的一二百亩大小农场的主人是一手挟着只沙袋、一手持枪巡视他的河段堤岸的，免得住在他上游的那个乡邻会炸毁他的河堤以保全自己（在上游）的那个农场。

大河把水往上挤涌，与此同时，白人和黑人轮班肩并肩地在泥和雨里苦苦奋斗，为他们助战的有汽车车前灯光、汽油火把、小桶的威士忌以及在刷干净并煮过消毒的五十加仑的汽油桶里煮沸的咖啡；河水拍溅着，试探性地、几乎是没有恶意地、仅仅是坚定不移地（他可不着急哟）在那些惊恐万状的沙包的下面和中间拍打着，最后还是从上面翻越而过，仿佛他唯一的目的仅仅是让人类再次得到一个机会去证明，不是向它而是向人类证明，人的身体能在多么大的程度上忍受、坚持与苦熬；这以后，让人证明了这一点之后，便做出这几个星期以来任何时间里只要想做它都能做到的事情：像蜕皮时的有气无力的蛇那样，既不匆忙也不特别邪恶与愤怒地把一两英里长的防洪堤、咖啡桶、威士忌罐、火把一下子全扫个精光，然后，有一小会儿，在棉田休耕地之间闪着沉闷的光，直到田地消失，同时消失的是大路和小巷，最后是一个又一个的城镇本身。

消失了，进入到一大片苍苍茫茫、无声无息的黄色广袤之中，从那里只伸出来一些树顶、电线杆和人类居所的首级，像是肮脏镜面上出于神秘莫测、无法揣摩的设计而呈现的谜一般的物件；还有几座先民垒的土墩，上面，在散乱的鹿皮鞋之间，熊、马、鹿、骡、野火鸡、牛以及家养的鸡都在相互休战的状态中耐心地等待着；至于防洪堤本身，那里，在恋老婆的男人般黏成一团的漂浮物当中，小孩继续出生，老人照常死去，不是因为生活在露天里，而是遵循简单、正常的时间次序与生死规律，仿佛说到底，人和他的命运还是要比河流更强，即使河流曾经剥夺过他，他毕竟是在变化中所不可改变与征服的呀。

这以后，对这一点也做过证之后，它——那条老人河——要后撤了，可不是退却；是归于平息，告别陆地，慢慢地也是坚定地，让支流和沼泽退回到它们古老的引以为豪、满怀希望的脏腑中去，不过是那么地慢那么地徐缓，仿佛不是洪水后退而是平坦的陆地自身在上升，它整个平面成片地重新爬回到阳光与空气中来：在电话杆与轧棉机厂房、房舍、店铺的墙壁一个恒定的高度上留下一条黄褐色的印记，这条线像是某只大手一笔画成的，只是当中有些间断而已，土地本身因淤积物而增高了一英寸，肥沃的泥土也深了一英寸，在5月灼热阳光的炙晒下干得龟裂：但是这情景不会维持多久，因为几乎紧接着犁头来了，犁地与下种已经迟了两个月，不过这也不打紧：棉花到8月仍然会再一次长得像人一般高，到摘棉桃时自会更白更密，仿佛那条老人河说了这样的话："我想怎么做，想什么时候做，便那样做。不过我可是为了我的所作所为出了价的。"

自然啦，还有那些小船。它们把影子投落在那片黄黄的稀湿土地上，甚至还在它上面移动：渔夫和猎人用的小筏子、管理防洪堤协会的美国工程师学会的汽艇以及一艘吃水浅的汽船，荒唐地在棉田之间来来往往，它的船员可不是河工而是一个知晓水底下何处有围栏的农民，桅顶瞭望处则是个手持钢钳的机械师，他见到电话线就把它们剪断，以便船能从烟囱群之间穿过去：其实也算不得是荒唐，因为这种船在大河上本来就很像是一所房子，现在来到这里跟所穿过的周围那些没有底部的房子也没有什么区别，有时它还要让轮机把马力开到最大一挡以便超过别的房子，那模样活像急于要追上飞逃的母野鸭的一只公野鸭。

不过光这样是不够的，眼看就不够了；老人河这一回来真格的了。于是此刻从海湾[①]好几个港口调来了捕虾的拖网船、娱乐用的游艇和海岸警卫队的小艇，这些船的底部过去只认得咸水与咸潮河口，船还是由原先的海上水手来掌管，但怎么走还得请教知悉水底下哪儿是路哪儿有围栏的人，原因很简单：这些人一辈子都在顺着这些标志或是以它们为终点赶骡拉犁，这些船航行在马、骡、鹿、牛和羊的胀肿的尸体之间，从树木和轧棉厂房、棉花仓库、漂浮的小屋、房舍的二层楼窗户与办公室楼房之间，去捞取老人河上很有耐心的漂浮物，那就是黑人与白人的尸体了；接着——这些习惯与咸水打交道的人，对他们来说，陆地要么是毫无特色、不长树木的盐碱沼泽地，要么是蛇与鳄鱼出没的湿地，都因长满了喇叭藤与西班牙苔藓而无法穿透；这些人之中，有一些甚至都从未见过支撑他们所住的房子的木桩所敲进去的土地——这些人仍然留了下来，即使这里已经不再需要他们了，仿佛要等着看从水里冒出来的到底是怎样的一片土地，他们所拯救的人——男人和女人，黑人与白人，黑人甚至比白人还多，十比一恐怕还不止——赖以生存的经济活动就是在这片土地上面进行的；赶紧看看这片土地，再晚骡子和犁头可就要改变它的面目直至洪水退却的边线了，然后便回到大河上去，否则那些拖网船、巡逻船和小艇也会跟废弃的鸡舍、牛棚与茅房一起，变成歪歪扭扭、没法再用的垃圾的；回到老人河上去，这条河已经再次缩回到它往常的堤岸里去了，在打瞌睡，甚至还显得很清白无辜，仿佛改变了，至少是在某个短暂时期里改变了毗邻地区全部面貌的不是它而是别的什么

① 指墨西哥海湾。

东西似的。

他们此刻是在朝回家的途中行进，经过了一些河边城镇，有一些在南密西西比是一片西班牙统属的蛮荒之地时很有点儿名气：像格林维尔、维克斯堡、纳齐兹以及大小海湾（现今已经消失不见，连遗址亦都采用了别的名字），那地方曾至少使梅森和哈珀兄弟里的一个威名赫赫，而雷尔①也曾以此地为据点发动他那场流产的黑奴起义，企图把白人从这片土地上清除干净，剩下他一个当皇帝；那片土地已经沉落在防洪堤之外，如今你已经无法说清原先水开始于何处、陆地止步在什么地方了：只知道这片草木葱茏茂盛、阳光灿烂的热带草原再也承受不了你的体重了。一条条河流如今不再往西，而是往南流淌了，不再是黄色或褐色的，而是黑色的了，穿越好大的一片黄色盐碱沼泽地，从那里乘着一股吹向海洋的微风，一团团蚊子像云雾一般飞来，在发痒与感觉疼痛的苦恼心态里，你似乎觉得确实能见到蚊群隐隐约约怀有越过陆地去与潮水然后是无法消解的盐分相遇的愿望：倒还不是真想飞向墨西哥海湾但至少是要去列岛——船、号角与小森林的列岛——长长屏障后面的那片海峡，拖网船、巡逻船等此刻都已回去，待在灯塔、运河标志与船坞之间，在晒网和维修机器，准备去捕鱼。

我们所说的那个人从他年轻时起也记得那件事：在几艘小船里好端端地被风刮了整整一个夏天，因为他们家已有好几代是在密西西比北部腹地出生与长大的，在他遇到此次风暴之前他根本不知风暴边缘为何物。第二年夏天他又回来了，因为他发现他喜欢有这么多的水，这一次他是

---

① 这里提到的几个人都是曾活跃在纳齐兹小道上的不法之徒。

作为一个拖网船的渔民而来的，他记得前甲板上安放着一只烧得通红的煤炉，上面架着只四加仑大的铁锅，里面煮的是揪去脑袋的虾，汤里撒进去一把把盐与黑胡椒，里面从来没有空过，也从来不洗，光是不断地往里面添虾，因此你成天随便吃，就像是在吃花生米似的；他还记得破晓前的那一刻，眼看就要让强烈得几乎像能听到的爆炸声似的近亚热带的黄红色的白天所打破，但暂时还会黑暗上一瞬间，此时，那条黝黑的船偷偷地潜入虾群出没的地区，船尾磷光般不出一声地转动着，活像乱哄哄的一团昏昏欲睡的萤火虫，那少年脸朝下躺在船头上朝黑黢黢的水里望去，只见受惊吓的虾飞快地如逐渐隐退的扇一般往四下射出去，划出了小火箭般的轨迹。

他对屏障般的列岛也有了些认识。作为五个半内行水手中的一个，他驾了艘大单桅帆船参加出海比赛，他不仅学会了怎样让船壳不脱离它的龙骨往前行驶，而且也弄明白了怎样让船从一个地方去往另一个地方，再把它带回来。于是，作为一个老水手，他如今住在新奥尔良，当了一条机动小艇的拿工资的船长，船是属于一个私酒贩子的（当时是20年代），船员包括一名黑人厨子兼甲板工装卸工，以及那个私酒贩子的弟弟：那是个二十一二岁的瘦瘦的意大利人，有一双猫一样的黄眼睛，穿一件丝衬衫，衣服有点儿鼓出来，因为胳肢窝底下挂了把手枪，口径太小干不了什么大事也就够杀尽他们哥儿几个的，即使船长或是厨师在万一可能出事时梦想过反抗或是讨厌惹出什么麻烦事儿，他们也只会把枪从皮套里抽出，尽快地藏起来（也并非真的隐藏起来，仅仅是扔到机器底下油污的积水里，即使皮特很快就发现枪在何处，那也会很安全，因为他是怎么也不愿意把手和胳膊伸到油污的水里去的，而只会躺到舱位上去生闷气)。把小艇开过庞恰特雷恩湖，沿着利戈莱兹河直达墨西哥海湾与海峡，然后停下，一点灯光都没有，直到海岸巡逻队的汽艇（它几乎总是按规定时间来的，那些大兵的工作也未免太平淡了，甚至于相对地说，是太没有干头了）趾高气扬地朝东飞快驶去，是去莫比尔参加舞会的，哥几个总是倾向于这样认为。接着，哥几个仗着指南针的点拨来到岛上（它只比沙嘴大上一点点，上面有一行松树，那模样真是惨不忍睹，在岛外缘真正的海湾强风的呼啸抽打下，树的枝条时时刻刻都在不断地挥动)，在这里，加勒比的纵帆船会埋下一箱箱绿玻璃瓶装的酒精，而住在新奥尔良的私酒贩子的母亲则会更换包装，贴上标签，将其转变成苏格兰威士忌、波旁威士忌或是杜松子酒。岛上还有几头野牛，那倒是他们不得不防的，那黑人负责挖掘，皮特还在生闷气，绝对拒绝帮忙，因为他有那把枪，而船长则时刻注意着牛的进攻（他们可不敢冒险点灯)，每上三四回货，总有一回得挨牛的进攻——那些枯瘦凶狠、看不真切的形体会突然向他们冲来，事前丝毫没有警告，他们转身就在噩梦般的沙滩上乱跑，一蹿身跳进了小艇，接着让船与岸边平行行驶，那几只牲畜则亦步亦趋，追随在后面，直到他们敲钟让它们知道船已走远，然后让黑人再次回到岸上去搬剩下的箱子。接着他们就再次停航，一动不动，直到汽艇回来往西开去，仍然是横冲直撞不可一世，舞会这时显然已经结束了。

那儿也是密西西比，虽然与孩子从小所熟悉的不是一回事；这儿的人是天主教徒，他们的西班牙、法兰西血统还可以从他们的名字与脸庞上显现出来。但是影响不算深，如果你不把大海与小船计算在内的话；一片弯弯的海滩，一行细细的绵延不绝的房产与公寓旅馆，那是来自芝加哥的百万富翁所拥有与居住的，与这些大房子背靠背的是一行稀稀拉拉的建筑，这可是廉租住宅了，里面住的是黑人但也有白人，他们驾驶小船或是在鱼品加工厂里干活。

接下去开始接触到的便是年轻人熟悉的那个密西西比了：在败落中的城市边缘住着一些人，这是年轻人很熟悉的，因为在他的家乡也有这样的人：是高个子男子这类人的子孙，至少是精神上的后裔，他们不在工厂里干活，不种地，甚至连卡车般大的菜地都不种，他们不依靠土地而是依靠那上面生长的东西为生：当捕鱼的向导和专业的捕鱼个体户，当设陷阱逮麝鼠和鳄鱼的猎户，还偷猎麋鹿；如今土地升高了，再次成了干地而不是一半是水的沼泽，这里不久将像花毯似的布满长叶松树，有了北方来的资本，它们会转化成存进俄亥俄、印第安纳和伊利诺伊银行里的钞票。虽然并非全都如此。有一部分会把本地的村舍和集镇变为城市，甚至还会一夜之间在平地上造出些崭新的城市，起的是密西西比的名字，但那格局可是俄亥俄、印第安纳和伊利诺伊的，因为它们比密西西比的集镇规模要大，今天还升起并屹立在缔造了它们的高大松树之间，到了明天（是那么地快，那么迅速，那么地似箭如梭），与周围的矮壮的老树一比，它们便成为高耸云天的纪念碑了。因为这儿的土地生产了一种庄稼：此处的土壤太细太软，种棉花并不真的合适；后来人们发现这里可以栽种别处的土地不宜栽种的作物：番茄、草莓和制糖的甘蔗，不是北边和西边的县份里的那种高粱，在真正种甘蔗的地带，人们是把这种高粱称作猪食的，而是真正的甜甘蔗，人们把这种庄稼提炼成家用糖浆。

在密西西比人看来是大集镇，而我们则管它们叫城市：哈蒂斯堡、劳雷尔、默里迪恩和坎顿；还有些城镇名字起得与俄亥俄关系更加远了：科西阿斯科，这名称是从一位波兰将军那里来的，此人认为希望自由的人都应该得到自由，还有个地方竟起名叫埃及，因为在老太太们仍然不肯认输的上一次的那场战争中闹饥荒的岁月里，别处都没有粮食唯独这地方有，还有个地方竟叫费拉德尔菲亚，在这里，尼肖巴（这里的县仍然沿用这个名字）族印第安人没有迁走，道理很简单，他们认为他们不在乎与别的民族一起和平共处，不管别人的肤色或是政治信仰如何。下面说的便是丘陵地带了：有个县叫琼斯县，这里有个老纽特·奈特，是本地的大地主、第一公民或曰固定居民，你爱怎么叫都悉听尊便，他在1862年脱离了邦联，在美国的疆界内竟然建立起第三个共和国，直到一支邦联军队在他那个破败不堪的木头堡垒首都里将他剿灭；还有沙利文谷：一个长而狭窄的幽谷，在这里几个有北爱尔兰与苏格兰高原姓氏的家族按照旧时卡洛登[①]战役前的那种方式彼此明争暗斗，不过也是按卡洛登战役之前的方式，一遇任何外来者便立即联合起来共同御敌。按照有关缉私官员搜索非法威士忌蒸馏器的传说，他们把抓到的犯人关在一个马厩里，让他们像一对拉犁的骡子那样干活。没有一个黑人会让自己天黑后仍然留在沙利文山谷里的。事实上，这一带黑人极少，这是一条延伸到我们那个年轻人自己家乡的狭长地带，是个偏僻的处所，黑人极少经过，要走也是匆匆穿过而且只有在大白天才肯出行。

这片土地并不宽阔，因为再往东马上就是草原地区了，那里的河水

① 卡洛登，Culloden，1746年此地发生了一次战役，在这次战役中詹姆斯党人的军队惨败于英格兰军队之手。

都流入亚拉巴马和莫比尔湾，此处有古老、紧凑、各户人家相互通婚的市镇与庄园大宅，房子有柱子和门廊，是按弗吉尼亚和卡罗来纳那种传统的乔治王朝样式盖的，与纳齐兹受西班牙、法兰西影响的房屋迥然不同。这些市镇起的名字是哥伦布、阿伯丁、西点和舒克拉克，这里很重视对鹌鹑射击的训练，也培养出了优秀的叼鸟猎犬——还有马匹，当然还有猎人；“跳舞的兔子”[1]也是来自这儿的，在这里签订了乔克托人与美国之间的条约，该条约剥夺了土著对密西西比的统治权。这些市镇之一里住着年轻人的一个亲戚，如今已不在人间，但愿他能安息：这可是个坚持到底、不可救药的单身汉，是跳高替洋舞[2]的班头和冥顽不灵的外出就餐者，因为不论何时但凡还缺一位单身男客，女主人首先想到的总是非他莫属。

不过他也真是位人中之人，不止如此：他还是年轻人中的顶尖人物呢，他与本地的单身汉、婚姻上的变节分子（年岁仍然不算太老，对婚姻牢笼还能扛上一阵）一起玩牌，一起拼酒；他外出散步时不仅穿上鞋罩，拎上手杖，戴上黄皮手套与一顶洪堡礼帽，而且还摆出一副愤世嫉俗、决不信神的架势，直到有一天他不得不最终还是祈祷能救自己一命：一天晚上，用过晚餐后他与一帮旅行商人一起坐在吉尔默酒店前便道的椅子上，等着看那天晚上是否会有什么（万一真有的话）热闹出现，这时有两个年轻的单身汉开了辆福特 T 型车经过，他们停下邀他一起越过州界上亚拉巴马山区弄一加仑私酿威士忌来。他们还真的去了也弄到手

① 跳舞的兔子，Dancing Rabbit，一位印第安酋长的名字。
② 高替洋舞，cotillion，18 世纪一种流行于法国的轻快舞蹈。

了。不过他们要找的那个蒸馏器并不在山区，因为那地方并非山区：而是阿巴拉契亚山脊的残余尾部。可是由于T型车的引擎非得开得很大才能让车头灯亮起来，对于上山这倒是两全其美、相得益彰的一件事，特别是在他们不得不用了好一阵子低速排挡之后。作为前汽车时代的一员，他从来没有想到回来时会有什么两样，直到他们弄到那加仑酒喝了一口调转车头往山下走时，他才反应过来。也许是威士忌的关系，他说的时候这样插了一句：那辆小汽车在一层淡淡的、比两只萤火虫发出的光大不了多少的光亮的后面越来越快地往前冲，绕过一个又一个凸出的巉岩，车速愈快，遇见的巉岩也愈多，而且还愈加尖利，愈加凸出，一直到车子几乎以九十度拐过弯路，面对一堵直立的峭壁，而另一侧则是几百英尺深的空荡荡的夜空，这时，他也只好祈祷了，他说："上帝啊，您很清楚，我都有四十多年没打扰过您老人家了，只要您平平安安把我送回哥伦布市，我保证下一回再也不惊动您老人家了。"

如今，那个年轻人，他现在已是中年人了，至少是正在走向中年，他也回到了家乡，在那里，那些改变了他少年时沼泽与森林的人现在又在改变土地本身的面貌了，他记忆中的密不通风的河床上的莽林与肥沃的农田如今成了一片二十五英里长的人工湖泊：有一个可控制的浇灌装置，是为大土堤坝下面的棉田服务的，湖面上每年都会有几艘马达安在船尾外的渔船来此游弋，最后竟还驶来了一条帆船。在从家里前往镇子的路上，那个进入中年的人（如今是个职业小说家了，他是想继续当他年轻时想做的流浪汉与无业游民的，可是时光与成就还有动脉的硬化打败了他）会从一位当医生的朋友家的后院穿过，这朋友的儿子在哈佛大学念书。有一天，那个大学生拦住他，请他进去，让他看一艘二十五英尺长单桅帆船尚未完成的外壳，并且说："等我把船做成了，比尔先生，我可要请你帮我一起驾驶它的呀。"这以后，每回他走过，大学生都会重复地说："记住了，比尔先生，等它一下水，我就会要你帮我开船的呀。"对于这样的请求，那正进入中年的人总是这样说："行啊，亚瑟。通知我一声就成。"

接着有一天他从邮局出来，有个声音叫住他，声音发自一辆出租汽车，在密西西比州的小市镇里，哪个不愿受拘束又想开车的年轻人如果想拥有一辆汽车，那就必定是一辆出租汽车了，他授予自己一辆出租汽车，就像拿破仑授予自己大皇帝的称号一样；和司机一起坐在车子里的还有个年轻人，其父亲不久前在西部某处失踪，因为他当董事长的那家银行倒闭了，车子里那第四个年轻人则是个到处都不缺的那类人：本城的小丑和滑稽演员，他的幽默倒不带恶意而且经常是机智与妙趣横生的。"它下水了呢，比尔先生，"那个大学生说，"你现在准备好能上船了吗？"他准备好了，那艘单桅帆船也准备好了；大学生是用他母亲的缝纫机把一张张帆缝拼起来的；他们费了不少劲儿把船弄到湖上去，把索具什么的都装好拉紧，突然之间，那个正进入中年的人觉得自己的一部分不再在船上，而是在大约十英尺之外，在看着他所看到的那些：一个哈佛大学生、一个出租汽车司机、一个逃亡银行家的儿子、一个小地方的小丑，还有一个正进入中年的小说家，他们驾驶一艘家制的小船航行在密西西比北部小山之间的一个人工湖上，他想：这种事你倒是不会在一生中遇到两次的呀。

又回家了，回到他的故土。他是这里出生的而他的骨殖也将在这儿的泥土里沉睡，爱这里即使同时也恨这里的某个部分：爱河边的莽林和四周的群山，在这里，当他还很小时便已坐在马背上父亲的身后，跟着系了铃铛的猎狗去追逐乱窜的野猫、狐狸、浣熊或是任何别的猎物，在这里，当他已成年，别人放心地交给他一支枪后，他便单独去打猎，此时泥泞的湖底每年都逐渐升高，因为积淀了又一层的啤酒罐、瓶盖和丢失的软木塞—— 一大堆杂物，在林子里生活的两个星期，住宿野营，吃粗粝的食物，胡乱睡上一阵，人和马和猎狗生活在人和马和猎狗当中，不是去猎杀野兽而是去追赶它们，接触一下便放它们走，从来不会贪得无厌——如今得越走越远了，得超过那片低地、那个平坦的三角洲，因此那列足足有一英里长的火车似乎在这片土地上一气儿就会越过两三个起了印第安名字的小村落，火车在田野上奔驰，几英里以外都看得清清楚楚，田野上种的是棉花，2 月里抵押出去，3 月里种下，9 月里收获，10 月里申请农场借贷以便还清二月的抵押金，这样明年才能有资格再作抵押，那个年轻人年纪够大，可以放心地把枪交给他了，他便参加了一年一度对老班的朝拜，那是只老龄的大熊，一只脚被兽夹夹伤因此替自己获得了一个外号、一个头衔，好像它是个大活人似的，它威名赫赫，因为流传着许多故事，说它如何捣毁陷阱与捕兽夹，杀死过多少条猎犬，身上中过多少发子弹。最后，它终于被少年的父亲所雇的马夫领班布恩·霍根贝克杀死，为了救一条心爱的猎犬，这个马夫领班不顾一切地冲上去，用猎刀将大熊送上了归途。

可是，他最最痛恨的还是不宽容与不公正，是对黑人的私刑处死，不是因为他们犯了什么罪而是因为他们皮肤黑（他们在这里的人数正变得越来越少，很快就会一个都没有了，可是罪行已经犯下，再也无法取消，因为今后再也没有可以补偿的对象了）。是那种不平等：他们当时所上的可怜的学校，如果他们还有几所的话；他们不得不住的小屋，除非他们愿意露宿野外；他们可以崇拜白人的上帝只是不能在白人的教堂里；在白人的法院里交税可是却不能在里面投票也不能为它投票；按白人的钟点干活还必须得按白人的计算方法领工资（乔·汤姆斯上尉是三角洲的一个种植园主，虽然不是大种植园主中的一个，他在某年的一次歉收之后从银行里领出一千个银圆，把他的佃户一个一个地叫进他的餐厅，餐桌的灯下散乱地摊放着那笔钱里的二百元，他说："哎，吉姆，这些就是咱们今年的所得了。"于是那黑人说："好上帝呀，乔上尉，这些钱都是我的吗？"于是汤姆斯上尉说："不，不，只有一半归你。另外的一半是我的，你不记得了吗？"）；我们能够在送往华盛顿某些参议员、众议员的含有偏见的报告里主张在不比杰弗生大的地方建造五座不同教派的教堂，可是却划不出一平方英尺的地方来让儿童玩耍并让老人坐着看他们玩耍。

可是他爱这个地方，这个地方是他的，他记得：试图并且必须待在床上直到破晓的第一丝亮光带来圣诞节以及别的几乎与圣诞节同样美好的日子；三点钟被人叫醒在灯光底下用早餐为的是驾四轮马车进城上车站去孟菲斯待上三四天，在那里他可以看到各种各样的汽车，而在1910年那阵子，当时他十二岁，他看到约翰·莫伊桑[①]将一架装了自行车轱辘、没有副翼（你得扭曲整个翼尖使飞机斜飞或是保持平飞）的布莱略特单翼飞机降落在孟菲斯跑道的内场上，那以后他就永远地知道总有一天自己也必须得单独驾机飞行；还记得他的第一个心上人，才八岁，长

① 约翰·莫伊桑（John Moisant，1868—1910），美国早期的飞行表演家。

得胖乎乎的，一头蜜色头发，端庄大方，名字叫玛丽，他们俩紧紧挨着坐在厨房的台阶上吃冰淇淋；还有另一个心上人，这回的名字是明尼了，是个老山民的孙女儿，他长大后就是从这老山民手里买私酿威士忌的，他十七岁时进城找到一份工作，是在药房苏打水柜台后面卖东西，瞅着她那么童真、那么天真、那么不自觉地把可口可乐糖浆往举起的玻璃杯里倒，她把大拇指勾进缸子的把手，那只举平的上臂以一个不停顿的动作将缸子前后晃动，姿势跟他见到她祖父一千次从一只缸子里往外倒威士忌时的动作是一模一样的。

即使有时也恨这个地方，因为尽管有那么些有二百银圆的乔·汤姆斯和那么些将睡袍套在脑袋上[①]的斯诺普斯，这里还有这样的事儿呢：他记得纳特，1865 年出生于后院的一所小木屋，那还是这人的曾祖父正进入中年时候的事儿，纳特活得比他们家三代人都要长久，他不仅因为那么多年、那么经常和这三代人一起说话、走路，以致在说话、走路上都与他们相像，而且他还有两只大箱子，里面装满了那三代人穿过的衣裳——不仅有带铜钮扣的蓝呢子礼服和高顶礼帽，那会儿他是曾祖父和祖父的马车夫，而且还有曾祖父自己穿过的黑布料外套，祖父时代流行的燕尾服，以及父亲时代的短外套，那中年人还记得，这些衣服都是度着那几个人的背部裁制的，此外还有八十年的风气嬗变所遗留下来的各种帽子；因此，在懒洋洋地朝书房窗外上下打量时，那个中年人能看见那个背部、那种步姿、那件外套和那顶帽子在步下车道朝大路走去，此时，他的心里就堵得发慌甚至翻江倒海起来。他（纳特）如今已八十四

① 这是三 K 党的通常装扮。

岁了，这几年里头脑开始稍稍有点不清楚了，不仅会把这中年人叫成“老爷”，而且有时还会叫成“默雷老爷”，这可是对中年人父亲的称呼呀，有时还叫“上校”，大约一星期有那么一回，从厨房走进客厅时，或是已经在客厅时，他会说：“这儿正是我打算躺一会儿的地方，就在这里，我可以面向那扇窗户。我也希望今天天气晴朗，阳光就可以照进来晒在我的身上。而且我还希望你能宣讲那段布道词。我要你给我倒一丁点儿威士忌，你自己也躺下，然后宣讲你最为得意的那段布道词。”

还有卡罗琳呢，这也是那中年人从阶级制度那里继承下来的，无人知悉她到底有一百零几岁，不过她可不糊涂：她什么都没有忘记，仍旧叫这中年人为“妹咪”，这可是五十多年前他那几个弟弟对“威廉”发不准音时对他的称呼；他的小女儿，也就是四五六岁的样子吧，会跑到屋子里来说：“爸爸，大妈要我告诉你别忘了你还欠着她八十九块钱呢。”

“我不会忘记的，”中年人会说，“你们都在忙什么呢？”

“在拼一条被面呢。”女儿回答说。她们确实是在干这个活儿。她的小屋现如今已经通了电了，可是她不愿用电，坚持要点她一直很熟悉的煤油灯。她也不用眼镜，只是在用作装饰品时把它架在脑门前面一块洁白无瑕的包头布上——其实她现在已经没有头发了。她也不需要眼镜。不论冬夏，炉灶里都用草木灰煨着小火，里面烤着甜薯，炉子的一边，一把小型摇椅里坐着那个五岁大的白人小姑娘，那个比她个子大不了多少的黑人老太太坐在另外那把摇椅里面，她们之间放着一只篮子，里面是颜色鲜艳的碎布头布条，在那样微弱的光线下那个中年人不戴眼镜是连自己的名字都看不清楚的，而那一老一小两个却凭着微光不厌其烦一针针一线线地把灿烂的星星、方块与菱形拼缀成别致的花样，以便叠起来夹在香柏木薄片里收进大箱子。

接着7月4日来到了，早餐后厨房门就关上好让厨子与男仆打理出一顿丰盛的野餐来，在酷热的小晌午，黑老太和白人小女孩到菜园里去采集青西红柿，蘸上盐吃，那天下午，在后院的桑树底下，把大半只十五磅重的冰西瓜吃掉的也正是这一老一小，就在那天晚上，卡罗琳第一次中风。那本该是她最后的一次，医生是这么判断的。可是天亮时她竟然好起来了，那天上午，她生下的那一代开始来到，从她自己的七八十岁的儿女，一直到他们的曾孙、曾曾孙——中年人从来都没见到过那些脸，人多得小屋里再也挤不进了，于是妇人与小姑娘睡室内的地板，男人和小男孩则在房前空地上睡，卡罗琳时不时会变得清醒并且在床上坐起来；她什么都没有忘记：她是祖奶奶，君临一切，不仅如此，她还变得专横跋扈起来。深夜十点甚至十一点了，那个中年人已经脱掉衣服躺在床上看书了，一点儿不错，他又听到穿袜子或是连袜子都不穿的光脚慢慢、轻轻地登上后扶梯；紧接着一张陌生的黑脸——绝对不是一两晚之前或是两三晚之前那同一张——会从门口探进来看着他，于是那文静、彬彬有礼却绝不是卑躬屈膝的声音会说："她要冰淇淋呢。"于是他只好起来，穿上衣服，开车往村子里驶去；他甚至会直直地穿过村子，虽然他很清楚那里的店铺全都打烊了，他前天晚上来的时候就是那样的，他一直在主干道公路上开了三十英里接着又前前后后到处搜索这才找到一个还在营业的快餐店或是热狗摊子，买到一夸脱的冰淇淋。

不过，这次中风还不是致命的那一次；不久以后，她又站起来了，甚至，她不理那个男佣下的不让她接近汽车的"死命令"，居然和他的母亲，亦即那中年人的母亲，一起坐车直奔市镇，一边滔滔不绝，中年人琢磨必定会是这样，讲那些陈年旧事，他的父亲、他自己以及三个弟弟旧时的事情，有两个弟弟娶了媳妇，那两个弟妹加在一起都未曾超过二百磅，却和五个男人挤在一幢房子里吵吵闹闹，不过没准她们并不觉得自己在吵吵闹闹，因为女人跟男人不一样，她们学会了仗着那种感情主义简单地生活着。不过，好像卡罗琳自己知道，夏天的那次中风，就好像是子夜或中午敲响之前，那座老祖父钟内里的那阵漱嗓子似的声音，因为她再也没有去动那张没有拼完的被面。很快，被面也不见了，没有人知道它在哪里，天气转凉，白昼越来越短时，她开始越来越长久地待在屋子里，不是她的小木屋而是大房子，坐在厨房的一个角落里，那原来是厨子和男佣待的地方，接着又在中年人的妻子做针线活儿的那个房间里，一直待到全家人聚在一起用晚餐，男佣把她的摇椅搬进来让她坐在这儿，看着大家吃晚饭；接着突然之间（这时眼看圣诞节就要到了），她非得在做晚饭的时候就要坐在客厅里，直到晚饭做好，谁也不明白干吗要这样，直到她终于通过中年人的妻子告诉大家：“海斯特尔小姐，在那帮黑小子把我埋进土的时候，你可要让我有一顶新帽子戴，一条新围裙围的呀。”那就是她的告别演说词了；圣诞节过后两天，又一次中风，这回可是真的了；两天之后，她戴了新帽子，围了新围裙，这些她自己可看不到了，躺在客厅里，而那个中年人果真摆好样子念起布道词即悼词来了，希望轮到他自己大限来到时，世界上会有某个人感激地提起他曾经写过这篇悼文，这篇文章完全是为她而作的，她曾经是，如他自己从孩提时提起的那样，生活在忠诚、挚爱与正直的氛围与尺度之内。

深深地爱着这里，虽然他也无法不恨这里的某些东西，因为他现在知道你不是因为什么而爱的，你是无法不爱；不是因为那里有美好的东西，而是因为尽管有不美好的东西你也无法不爱。

（原载《假日》1954 年 4 月号；

此处文本系根据福克纳打字稿刊出。）

记舍伍德·安德森*

那是在新奥尔良，有好几个月，我们总是边走边聊，不然就是安德森聊，我听。有一天，我发现他坐在杰克逊广场的一张长凳上，独自发笑。我的印象是他这样已经有好一阵了，就一个人坐在长凳上暗自发笑。这不是我们经常碰头的地方。我们根本没有这样的地方。他住在广场北边，我们事先并没有特别约好，我中午吃过一些东西之后，知道他准也吃完午饭了，我就朝广场的方向走去，如果没有见到他在散步或是坐在广场某处，我就干脆在能看见他家门口的街沿石上坐下来，一直等到他穿着他那身鲜艳的、一半像赛马骑手一半像穷艺术家穿的衣服，从家里走出来。

这一次他已经坐在长凳上暗自笑开了。他立刻告诉我是怎么一回事：一个梦，昨天晚上他做了一个梦，梦见自己牵了一匹马在乡间路上走了许多里路，他想用这匹马换来一个夜晚的睡眠——并不是光换能睡一个夜晚的一张床，而是睡眠本身；现在有我在听，他就从这里编开了，添枝又加叶，把它编成一件艺术品，用他写所有的作品时那种啰唆得（这

* 最初发表时，福克纳将标题定为《舍伍德·安德森：一份评价》。——原注

个故事似乎有点把握不定，实则不然：它是在探索，在寻求）几乎折磨人的耐心与谦卑在编，我在听可是连一个字都不相信：根本不相信那是人睡着的时候做的一个梦。因为我知道得很清楚。我知道那是他凭空想出来的，他编造的；大部分或至少有一些是我在那儿看着他、听着他的时候现编的。他不知道为什么自己非得要说，至少是需要去说那是一个梦，为什么非得把梦和睡眠扯上关系不可，但是我知道。这是因为他已经把他的整个一生都写成了一件逸事或者说一个寓言：那匹马（起先是匹赛马，可是现在又变成了一匹干活的马，有犁，有车，有鞍，身强力壮，却缺少有文字记录的家谱）代表着那片广袤、富饶、强有力而又柔顺的密西西比河谷，代表着他自己的美国，而穿着扎眼的蓝色赛马衬衫、打着有朱红斑点的温莎领巾的他，正在以幽默、耐心和谦恭的姿态，不过主要还是耐心和谦恭的姿态，建议以此来换得他实现那个写出纯粹、完美、坚实、源源不绝的作品的梦想，而他的《俄亥俄州的瓦恩斯堡镇》和《鸡蛋的胜利》正是这样的征兆和象征。

他自己是永远也不会说这样的话，用语言来这样表达的。他甚至可能永远也认识不到这一点，要是我打算向他点明，他肯定会加以否认，态度说不定还很激烈。但这并不足以说明这个看法是不正确的，也不足以说明不管这看法本身正确与否，他的不信是有道理的。事实上，正不正确，他信还是不信，这都关系不大。他肯定会加以否认，其出发点恰好是他性格中的大悲剧。他希望别人取笑他，嘲弄他。他希望在地位、成就、机智以及别的任何方面都无法与他比肩的人能使他显得愚蠢可笑。

这就是为什么对自己所写的每一篇东西他都如此孜孜矻矻、不厌其烦和不知疲倦地下功夫的原因。这好像是他在对自己说：“这至少是、将是、必定是无懈可击的。”仿佛他写作甚至都不是出于那种耗费精力、永不休止、难以餍足的对荣誉的渴望（为了这样的荣誉，任何一个正常的艺术家都不惜消灭自己年迈的母亲），而是为了对他来说更加重要、更加迫切的东西：甚至还不是为了不值一提的真理，而是为了完美，为了无与伦比的完美。他没有麦尔维尔的力度与冲劲，麦尔维尔是他的祖父；也没有马克·吐温对生活的旺盛的幽默感，马克·吐温是他的父亲；他也没有他的兄长德莱塞对种种细微差别的粗暴的蔑视。他的特点是追求精确，在有限的词汇范围之内力图选用最恰当的词句，他内心对简朴有一种近乎盲目的崇拜，他要把词与句都像挤牛奶一样挤得干干净净，总是力图要穿透到思想的最深的核心里去。他在这上面费了那么大的力气，到最后他的作品里剩下的只有风格了——风格成了一种目的而不是手段。接下去他很快又相信，只要他竭力使这种风格纯粹、不走样、不变化与不受污染，它所包含的内涵就必定是第一流的——无法不是第一流的，他自己因而也必定是第一流的。

在他一生中的这个时期，他无论如何得相信这一点。他的母亲曾是一个契约女奴，他的父亲是一个临时工；这样的背景使他明白，他所得到的安全与物质上成功的总和是，也必然是生活的答案与目的。可是他在中年以后放弃了这一切，舍弃与抛弃了这一切，他当时的年龄比做出献身艺术与写作的决定时的大多数人的年龄都要大得多。可是当他做出这样的决定时，他发现自己不过是一个只有一两部作品的人。他必须相信：只要他努力使自己的风格纯而又纯，那么这种风格的内涵也必定是纯而又纯，也是最为优秀的。这就是他必须要捍卫自己风格的原因。这就是他因为海明威写了《春潮》而感到不快与愤怒的原因，也是他对我稍感不满的原因，之所以程度稍轻是因为我的错误不是写了一整本书而是仅仅出版了一本自己印刷、自己发行的小书，在我们这个新奥尔良的小圈子之外不会有多少人能看到或听说过这本书，这是一本斯普拉特林的漫画集，书名我们叫作《舍伍德·安德森与其他著名的克里奥尔人》，我给这本书写了一篇序言，用的是安德森的初级读本式的风格。我们俩——我指的是海明威与我——谁也不可能损害、嘲弄他的作品。可是我们使得他的风格显得可笑；那是在他写完《邪恶的笑声》之后，他已经到了应该搁笔的阶段，他却仍在不惜一切代价地保卫自己的那种风格，因为时至今日，他内心也必定已经知道，除了这件东西，他别的什么也没有了。

这是一种纯而又纯的精确，或者说是一种精而又精的纯粹，随你怎么说都行。在对待人民的态度上，他是一个滥情主义者，在如何看待他们的问题上往往不正确。他相信人民，但是好像仅仅在理论上如此。他对他们已经作了最坏的打算，虽则每一次他还要重新准备感受失望，准备受到伤害，好像这样的事以前没有发生过似的，好像他能真正相信可以相处的人唯有他自己笔下创造出来的那些人物，是他自己探索地做着的梦里的虚构品与象征物。在他的作品里，他有时是一个滥情主义者（莎士比亚有时候也是如此），可他从来不是一个掺假的人。他从来不语焉不详，从来不庸俗化，从来不走捷径；从来都是怀着一种谦卑，甚至是一种宗教般虔诚的态度来对待写作，以一种几乎让人怜悯的至诚、忍耐、甘愿臣服和自我牺牲的态度来对待写作。他仇视下笔千言；如果人家写得很快，他认为里面准保掺假。他有一次告诉我："你有太多的才能。你可以轻而易举地写出东西来，而且用各种不同的方式。如果你不小心，你会什么也写不成的。”在那些下午，我们总是一起在旧城区散步，我听，他讲，对我或是对别人——我们在街上、码头上任何地方遇到的任何人，或是晚上他在我的小小配合之下，坐在什么地方共对一瓶酒幻想出牵着马的睡不着的人那一类稀奇古怪的角色；其中的一个据他说是安德鲁·杰克逊的后裔，查尔梅特战役之后就留在了路易斯安那州的沼泽地带，再也不是半马半鳄鱼，现在成了半人半羊，后来又成了一半是鲨鱼，它——我的意思是整个故事——到头来变得那么古怪又是（至少我们是这样想的）那么有趣，我们决定把它写下来，用相互通信的方式，就仿佛是一支动物考察队的两个暂时分开的队员。我把他写的第一封信的回信交给他。他读了之后说：

“你自已满意吗？”

我说：“怎么啦？”

“你对这封回信满意不满意？”

“为什么不满意？”我说，“这封信里没说的我可以放在下一封信里说。”这时候我明白他心里相当不高兴了：他变得态度生硬、严峻，几乎都要发火了。他说：

“要么把它扔掉，咱们不进行下去了，要么把它拿回去重写。”我接过了信。我足足写了三天才重新交给他。他再次读了，读得很慢，像他素常的那样，这以后他说：“现在你满意了吗？”

“不满意，先生，”我说，“不过我也不知道怎么才能写得更好了。”

“那咱们就让它通过吧。”他说，把信放进他的兜里，他的声音重新变得温暖、圆润、洪亮而带有笑意，准备再一次相信别人，再一次受到伤害。

我从他那里学到的比从这件事里学到的要多，至于我有没有也一直遵照着他其他的教导实行，那是另一回事。我学到的是：作为一个作家，你首先必须做你自己，做你生下来就是那样的人；也就是说，做一个美国人和一个作家，你无须非得去口是心非地歌颂任何一种传统的美国形象，像安德森自己与德莱塞所独有的让人心疼的印第安纳、俄亥俄或艾奥瓦州的老玉米或是桑德堡的畜栏以及马克·吐温的青蛙。你只需记住你原来是怎么样的一个人。“你必须要有一个地方作为起点，然后你就可以开始学着写，”他告诉我，“是什么地方关系不大，只要你能记住它也不为这个地方感到羞愧就行了。因为，有一个地方作为起点是极端重要的。你是一个乡下小伙子；你所知道的一切也就是你开始自己事业的密西西比州的那一小块地方。不过这也可以了。它也是美国；把它抽出来，虽然它那么小，那么不为人知，你可以牵一发而动全身，就像拿掉一块砖整面墙会坍塌一样。”

“有水泥和灰胶的墙可不会坍塌。”我说。

“是的，不过美国还没有抹上水泥与灰胶呢。人们还在建造美国。正因如此，一个血管里有墨水的人不仅仍然能而且有时还必须在美国内部不断地走来走去，边倾听边观察边学习。正因如此，像你我这样没有学问、没有学历的土老帽不仅有机会写，而且还必须写。美国所要求的一切就是观察它、倾听它、理解它，如果你做得到的话。不过理解也还不是重要的：重要的是相信美国，即使你并不理解它，接着试着叙说美国，把它写下来。文章绝不会一下子就很精彩，不过总还有下一次呢；墨水和纸张总不会缺，也总有你想理解和告诉别人的东西。这一次说不定也还是不完全对头，不过它也有下一次嘛。因为到了明天，美国将变成截然不同的另一样东西，一样更丰富更新颖、值得你去观察、倾听并试图理解的东西，即使是你不能理解、无法相信的东西。

要相信，要相信纯的价值，要更多地相信。不仅相信价值，而且要相信忠诚与完整的必要性；为艺术选中并甘愿忠于艺术的人是幸运的，因为艺术的报酬是不会落到邮差头上去的。安德森把这些道理推向极端。这在表面上当然是不可能的。我的意思是，在往后的年月里，当他也许终于承认剩下的只有风格时，他写作时是那么努力，那么费劲，那么不惜牺牲自己，他有时候竟显得比原来的自我更高一些、更大一些。他热情、慷慨、善良、开朗，喜欢开怀大笑，不乖戾也不妒忌，只有追求完美时才是例外，这种对完美的追求，他相信任何一个对自己的行当有兴趣的人都是必须具备的；他随时愿意慷慨地帮助别人，只要他相信这个人是怀着他自己的那种谦卑与崇敬心情来从事这门行当的。在新奥尔良的那些日子里，我逐渐明白世界上真的有人是愿意整个上午都把自己关在屋子里的——关在屋子里努力工作。到了下午安德森会出现，于是我们就在市里走来走去，边走边聊。到了晚上我们又会再次见面，这回是共对一个酒瓶了，现在才是他倾心而谈的时刻；在任何一个阴凉的庭院里，只要那儿杯瓶碰撞发出叮当声，棕榈树在微风中沙沙作响，那里就是这样一个小世界。第二天上午他又把自己关起来了——在写作呢；于是我对自己说："要是当一个小说家只需花这样的代价，那么这种生活对我来说也是合适的。"

于是我开始写一本小说：《士兵的报酬》。我认识安德森太太在先，后来才认识安德森。我有一段时间没看见他们了，有一天我在街上遇到了安德森太太。她问起这一晌怎么没见到我。我说我正在写一部小说呢。

她问我要不要给舍伍德看看。我回答了，我记不清原话是怎么说的了，反正意思是如果他想看，我也没有意见。她让我写完了把稿子交给她，我照着做了，那是在大约两个月之后。过了几天，她捎话叫我去。她说："舍伍德说他想跟你做一笔交易。他说如果他可以不看的话，他愿意跟里弗赖特（霍雷司·里弗赖特：当时他自己的出版者）说一声，让他接受出版。"

"成。"我说，事情的全部经过就是这样。里弗赖特出版了这本书，这以后的几年里我只见过安德森一次，因为那个不愉快的漫画事件也就发生在这先后，好几年他都不愿见我，直到有一天下午在纽约的一次鸡尾酒会上；可是那又碰上了他比他写过的任何作品都要显得高大的时刻。这时候我记起了《俄亥俄州的瓦恩斯堡镇》《鸡蛋的胜利》还有《马与人》里的某些篇章，我知道我在看着、注视着的是一个巨人，他所在的世界上居住着的大部分——绝大部分——人都是侏儒，虽然他只做出过两次或是三次与巨人身份相称的举动。

（原载《大西洋月刊》1953 年 6 月号；
此处文本系根据福克纳打字稿刊出。）

[英] 戴维·加尼特

戴维·加尼特（David Garnett，1892—1981）

英国作家，“布卢姆斯伯里集团”的最后一位成员，著有《动物园里的人》《战士回故里》等。他是批评家爱德华·加尼特与著名翻译家康斯坦司·加尼特之子。这篇选自他的散文集《要好的朋友》。文中提到的人物均是“布卢姆斯伯里集团”的重要角色，如传记作家利顿·斯特雷奇、女作家弗吉尼亚·伍尔夫等。阿瑟·惠黎是英国著名翻译家，译有中国、日本古典名著多种。

阿瑟·惠黎

诺埃尔·奥利维尔的妹妹布赖恩赫尔德和阿瑟·尤尔特（休）·波帕姆结婚时，他们的许多朋友都上帕丁顿火车站去为他们的蜜月旅行送行。布赖恩赫尔德很可爱，那双熠熠发亮的眼睛像是雨水浇淋过的宝石，脸颊红艳艳的，闪耀出幸福的光辉，活脱脱一个媚人的爱神。她穿了一套深红色手织花呢衣服，和她的人很配称。

休身材修长，脸色苍白，有点拘谨，偶尔一露的微笑似乎有点心不在焉。和往常一样，他急于要做到的是不透露出任何情绪。也许这么多朋友到来使他有点发窘。

在他们钻进订好的包厢被急速地往德文郡或康沃尔郡拉去之前，我注意到有一个身影站在一边，跟谁都不在一起。他像是个看热闹的，而不是我们这吵吵嚷嚷的群体里的一员。他是施洛斯——休在剑桥的朋友，像休一样，他是注定要在不列颠博物馆印刷物陈列室里度过大半生的。

他的脸和姿势吸引了我。我以前从未见到过他。他孤高、落落寡合，有贵族气与犹太人的特点，不爱开口，除非别人跟他说话。我第二次见到他是在一次晚会上，我试图和他说话和问他一些问题。他回答得很简短，语调干巴巴的，还把头扭了开去。他有礼貌地明确表示他对我或是我可能说的一切全不感兴趣。

他是弗朗西斯·比勒尔的朋友。我与弗朗基成为密友之后，见到阿瑟的机会也就多起来了。战争来临时，他和他兄弟休伯特把他们的姓从施洛斯改成母亲的姓惠黎，那是个自古传下来的诺尔曼－犹太人的姓，意思是“外国人”。阿瑟告诉过弗朗基，施洛斯这个姓是为了做生意方便而采用的。我的第一印象没有错：阿瑟出身于一个犹太贵族之家，父母的一方是西班牙的犹太人，另一方则是在英国定居了好几个世纪的犹太家庭。阿瑟与市场上那种粗鄙、精明的犹太人恰好是两个极端。他的脸是优雅、瘦削的，肤色呈棕色。他眼睛深凹、鼻子是鹰钩的，颧骨凸出，嘴巴显得很敏感，经常显示出一种孤芳自赏、不经心的优雅气质。我最初常在休·波帕姆家里遇到他——先是在摄政王广场，后来在卡洛琳广场，那地方紧挨着弃婴堂。

1916年弗朗基把属于他的那本《中国诗歌》送给了我，那是阿瑟的头一部译作，是位于高霍尔本街157号的洛兄弟公司非公开印行的，是个小薄本，我至今还留藏着。我很为诗歌的这一新领域感到兴奋，很快就把这译本拿给我父亲看，其结果是他结识了阿瑟，成为他终生的崇拜者，始终都乐于称赞他的工作。就我所知，阿瑟从未创作过自己的诗歌，可是在我看来他却是一位伟大的诗人。爱德华的热情赞赏和我对他译作的热忱态度使我们之间产生了亲密的友谊，这倒并非始料所及的。

虽然阿瑟住的地方离戈登广场极近，后来又搬到广场里面去住，但他始终不是布卢姆斯伯里圈子里的一员。

利顿·斯特雷奇在剑桥时就不喜欢他，也没从他的诗里看出任何优点。他宣称阿瑟的翻译语法不通，比贾尔斯的译文要差多了，等等。由于这显然是错误的，我一有机会就跟利顿说他这是有眼无珠、心存偏见，但却怎么也无法使他改变看法。我觉得在利顿的憎厌背后存在着某种个人的是非。在老一辈的“布卢姆斯伯里人”中，只有邓肯·格兰特能领略他的翻译的真正价值。阿瑟把他视为朋友，请他设计《西游记》一书的封套。

克莱夫、瓦尼萨和弗吉尼亚认为他是个乏味的人，而我也无法否认这样的事实：像许多独居者一样，他确实很可能令人生厌。

我对阿瑟较早的回忆之一是这样的：他邀请我到他戈登广场拐角的房间去喝茶。从我到达起直到我离开，他都在讲关于赫罗斯维塔的事，却未蒙他赐予半句解释的话，说清此人是男是女，他又为何对他或她发生兴趣。我好不容易才通过他宣讲的全部内容中窥知这是中世纪生活在科隆的一位德国修女，写过……写过什么我始终没听明白。阿瑟根本没想到过一个学生物的青年学生可能会没听说过她，或是即使知道却不感兴趣。

我认为阿瑟是我所知道的最好的学者——另一位与他不相上下的就是简·哈里森了。可是学问往往使他乏味。要是利顿·斯特雷奇想谈赫罗斯维塔，他准会使自己说的让人爱听，让听者眼前出现一个了不起的女人的形象，她用一管鹅毛笔粉碎了修道院的桎梏。阿瑟连想都没想到要引人入胜，他提供事实，不加解释，根本不管是否有个听者在他面前，就如同一架唱机在放唱片，放的时候还一颠一颠的。

如果我恰好对他所说的感兴趣——我往往是那样的，那么他说的内容就是值得记住的；如果听者不感兴趣，那他就是一个乏味的人了。要是他对我所说的发生了兴趣，那么他的羞怯、枯燥与高傲便会一扫而光，他一个接一个迅捷地提出问题。要是这回答他感到不清楚，他就用不同的词语来重新复述，当领悟来到时，说话的人会感觉自己也有所收益。

早先，阿瑟骑着自行车全伦敦城转悠。后来，他迷上了带轱辘的溜冰鞋，按照布雷南的说法，他会从布卢姆斯伯里一直溜到切尔西再一路溜回来。尽管身体孱弱，他却是个精于滑雪的人，每年冬季都要去瑞士从事冬季运动。我还经常见到他在戈登广场的花园里打网球。

20年代初期，他与贝里尔·德佐特关系密切。她像是一朵用极其光溜的黑黄二色塑料制成的假花。我初次遇见她时她已是中年女子了，但岁月并未使她显老。我最后见到她时，她那头浓密的染过的黑发留了个刘海，看上去仍然是乌亮乌亮的，她那黄黄的皮肤居然没有什么皱纹。她发现、介绍与翻译了依塔洛·斯维沃的作品，此人是詹姆斯·乔伊斯在的里雅斯特的朋友；她还访问过巴厘岛，是一位波利尼西亚舞蹈的权威。可是，尽管她有才华，我们大多数人都躲开她，其结果就是我们见到阿瑟的机会越来越少了，照说是不该这样的。就这样，贝里尔使斯特雷奇的敌意变得更深，也使阿瑟与他的布卢姆斯伯里邻居更加隔绝了。杰拉尔德·布雷南与弗朗西斯·比勒尔算是例外，他们倒常与贝里尔见面。我在她面前从未觉得自在过，总是想不出下一句话该说什么。然而我敢肯定她是个聪慧、有意思的女子。但这仍然无法改变贝里尔的看法，在她眼里我是用较粗糙的泥土制成的，是一件普普通通的瓦器，而她则是一只梅瑞狄斯那样精致的细瓷杯。阿瑟经常请我去喝茶，于是我会遇到贝里尔。但障碍却始终存在。

我去戈登广场阿瑟房间的最后一次拜访是令人毛骨悚然的。我的女儿当时大约15岁，她读了《西游记》，很想一见阿瑟。我写信去，于是他请我们去喝茶。没有人应答门铃，前门是虚掩着的，于是我们推门进去，上楼到二楼阿瑟所住的房间去。他的房门洞开，在敲门无人回应后，我们走了进去，我以为阿瑟准是在最后一分钟想起有个年轻女孩要来喝茶，便匆忙出去买甜点心，因此等他回来总不会有错。阿瑟住的是后面的房间，有一扇窗子望出去可以看到塔维斯笃克广场房屋的后背。房间里各种东西堆得满满的，因此你连帽子都没处放。可是与我自己的房间不一样，东西放得不乱，每样东西都在它该在的地方。

在壁炉近处的一张桌子上，一头放着一些书与文稿，另一头则摆着几只茶杯。再过去围着煤气炉放着一些炊具，还有些罐头食品，墙根窗前采光较好的地方放了张窄窄的板凳，有一只金属的鞋楦翘起在那儿，此外还有些鞋匠用的工具、蜡线与皮条。说来也奇怪，阿瑟竟自己修补鞋子。他在同一个房间里做饭、用餐、译书和修鞋。我不记得见到有床，但是有床也并非不可能的。这种生活方式是出于他的选择，因为阿瑟再怎么也不可能是穷困的。

亨利埃塔和我对着这房间打量了总有 20 分钟——我们开始认为阿瑟准是忘了请我们喝茶这回事了——这时我们听到从楼上某处传来一声足以使人血液凝结的尖叫……尖叫声又重复了。楼上有人正在被谋杀。

我往楼梯冲上去一半，边冲边喊，不过就在我快到楼梯口时，一个穿护士衣服的健壮妇人出现了。她告诉我德佐特小姐又犯病了，犯得挺厉害，惠黎先生跑出去试着找到一位医生。

亨利埃塔和我也就离开了。

不久之后，贝里尔死了，阿瑟则搬到瑞士去住了。

50 年代或 60 年代初在我举办的一次生日晚会上，阿瑟寄来了一件礼物，那是几页手稿，是他从中文翻译的关于一个佛教隐士的故事。另一次生日他来了，那次集会是在伦敦的马里渥·勒费弗尔工作室举行的。因此我的几个女儿终于能见到她们很欣赏的多卷本紫式部的《源氏物语》的译者了。

我最后一次写信给阿瑟是我滞留南伊利诺斯时我的朋友林德格兰教授送给我一个条幅之后，那是张很精彩的日本画，上面画的是一条受伤的蛇。画的一边题有一些字，我求阿瑟帮我译出来。我尽可能忠实地把字描下来给他寄去。

我收到阿瑟的回信时已经搬到戴维斯的加州大学去了。信里写道：

11 月 17 日（1964）

亲爱的本尼，那些字是：柯雅山高僧大恩，在右边的则是由程式化梵文演变而来的一种画谜，梵文我是不能识读的。我很好，有时候译一首中国诗；不过大部分时间都用在读维多利亚朝作家上面。我目前住在海格特。

你的阿瑟。

几年以后，正是我住在谢安道对面的船房“莫比·迪克”号上那阵，有一天杰拉尔德·布雷南来电话说阿瑟快不行了，阿瑟希望我能去看看他。我去电话安排好第二天早上去。可是当天晚上他就去世了。

图书在版编目(CIP)数据

故乡水 / 李文俊著译. -- 桂林：漓江出版社，2018.11
（双子座文丛）
ISBN 978-7-5407-8434-8

Ⅰ. ①故… Ⅱ. ①李… Ⅲ. ①散文集－世界－现代 Ⅳ. ①I16

中国版本图书馆CIP数据核字(2018)第065037号

故乡水
李文俊 著/译

出 版 人：刘迪才
出 品 人：张谦
丛书策划：张谦
责任编辑：张谦
助理编辑：孙精精
书籍设计：石绍康
责任监印：杨东

出版发行：漓江出版社有限公司
社址：广西桂林市南环路22号 邮编：541002
发行电话：010-85893190 0773-2583322
传真：010-85890870-814 0773-2582200
邮购热线：0773-2583322
电子信箱：ljcbs@163.com
网址：http：//www.lijiangbook.com
印制：三河市西华印务有限公司
开本：880㎜×1230㎜ 1/32
印张：6.5 字数：138千字
版次：2018年11月第1版
印次：2018年11月第1次印刷
书号：ISBN 978-7-5407-8434-8
定价：38.00元

读者回函

书名：

姓名： □女 □男 年龄：

地址：

电话：

Email：

学历：□高中（含高中以下）□专科 □本科 □研究生及以上

职业：□学生 □自由职业者 □一般职员 □中高级主管 □个体经营者 □其他

请问您平均每月购买几本书?

□4本以下 □4—10本 □10—20本 □20本以上

请问您的阅读习惯是?

□文学小说 □心灵励志 □艺术设计 □生活美学 □戏剧舞蹈 □地理地图

□旅游 □经济 □历史 □建筑 □传记 □宗教哲学 □其他

请问您从何处知道此书?

□书店 □报纸 □书评 □广播 □电视 □网络 □亲友介绍 □其他

请问您在何处购买了本书?

□实体书店 □网上书店

您购买本书的主要原因是?（单选）

□工作或生活所需 □主题吸引 □亲友介绍 □书封精美 □喜欢作者 □促销活动

□媒体推荐 □喜欢漓江出版社 □其他

您觉得本书如何?

书名：□很好 □普通 □待加强

创意：□很好 □普通 □待加强

封面：□很好 □普通 □待加强

内容：□很好 □普通 □待加强

印制：□很好 □普通 □待加强

价格：□偏低 □适中 □偏高

您还想读到哪些著译俱佳的作译者的作品?

您对本书及漓江出版社的宝贵建议：